www.tredition.de

AF185442

Casimir van der Huett

Die Schildkröte, das Känguru und wir

Außenseiter unter sich

www.tredition.de

Illustration: P.M.
Umschlaggestaltung, Layout,
Lektorat, Korrektorat: Susanne Junge

Verlag: tredition GmbH, Hamburg
ISBN: 978-3-8495-7649-3
Printed in Germany

Bibliografische Information der Deutschen Nationalbibliothek:
Die Deutsche Nationalbibliothek verzeichnet diese Publikation in
der Deutschen Nationalbibliografie; detaillierte bibliografische Da-
ten sind im Internet über http://dnb.d-nb.de abrufbar.

Inhaltsverzeichnis

Vorwort 6

Kapitel 1 – Eine seltsame Begegnung 7

Kapitel 2 – Gemeinsam durch die Nacht 30

Kapitel 3 – Ein Vorschlag mit Folgen 44

Kapitel 4 – Große Sprünge mit Casimir 51

Kapitel 5 – Wir finden dich 66

Kapitel 6 – Ernüchternde Ergebnisse 83

Kapitel 7 – Kein Weg zurück 88

Kapitel 8 – Home, sweet home 102

Kapitel 9 – Epilog 113

Vorwort

Liebe Leserin, lieber Leser,

mein Name ist Casimir van der Huett – ein pensionierter niederländischer Zoodirektor. Das ist eigentlich nichts Besonderes, doch ist meine Beziehung zu Tieren sehr viel komplikationsloser als die zu Menschen. Aber das werden Sie ja im Folgenden lesen. Dieses Vorwort taugt eigentlich nur dazu, Ihnen viel Freude bei der Lektüre zu wünschen und Sie darüber zu informieren, dass dies Buch zwar unter meinem Namen veröffentlicht worden ist, unsere gemeinsame Geschichte jedoch von meinem Kumpel Carsten erzählt werden wird. Warum? Das werden Sie verstehen, wenn Sie weiterlesen. Ach ja, Carsten – ein verrückter Kerl. Aber, selbiges sagt er wohl auch über mich.

Also viel Freude und: Bleiben Sie fröhlich!

Ihr Casimir van der Huett

Kapitel 1 – Eine seltsame Begegnung

M ein Name ist Carsten. Der Nachname ist für diese Geschichte nicht relevant. Mittlerweile kann man wohl mit Recht sagen, dass Casimir und ich die besten Freunde sind. Wenn man uns nicht persönlich trifft und nur die Dinge liest, die wir schreiben, könnte man uns manchmal sogar für ein und dieselbe Person halten. Man mag es kaum glauben, er als Zoologe und ich als Ökonom, aber die Grundeinstellung ist halt sehr ähnlich: Wir sind beide etwas verrückt!

Eine Sache scheidet Casimir und mich jedoch sehr stark voneinander. Casimir ist unheimlich – und das ist wörtlich zu verstehen – schüchtern. Ich hingegen scheue die Öffentlichkeit nicht und liebe sogar ab und an die gezielte Provokation.

Und eben wegen seiner Schüchternheit hat Casimir mich auch gebeten, unsere gemeinsame Geschichte aufzuschreiben. Er vertraut mir eben. Publiziert wird sie dann aber unter seinem Namen – solch ein Stoff passt einmal ja nun nicht zu einem seriösen Wissenschaftler.

Casimir und ich haben wegen unserer Einschränkungen beide ein individuelles Schicksal zu tragen – er ist schüchtern, ich bin blind. Auf uns passt daher vielleicht der Ausspruch „Vom Glück geküsst und vom Schicksal geprellt", aber wir lassen uns nicht unterkriegen. Er schreibt halt seine Gedichte[1] und ich trage sie für ihn in der Öffentlichkeit vor. Diese Arbeitsteilung klappte bisher wirklich gut.

In diesem Buch stelle ich euch Casimir vor, berichte von seiner Zeit in Amsterdam und davon, wie er die Tiere zu lieben lernte.

---

[1] Seine Gedichte „Tierische Reime – Gedichte nur für große Vögel" sind in jeder Buchhandlung erhältlich (ISBN: 978-3-8491-2462-5) oder online als Print bzw. E-book bestellbar: www.tredition.de/?books/ID21366/Tierische-Reime.

Darüber, wie er mich zu einem verrückten Trip nach Australien überredete. Und in diesem Zusammenhang muss ich euch zwingend mit Waltraud und Hermann bekannt machen. Und natürlich erfahrt ihr, was Casimir und ich wir sonst noch so gemeinsam erlebten.

Zunächst jedoch berichte ich am besten davon, wie Casimir und ich uns kennenlernten. Als er 2007 nach Albersdorf in die Traumschlossallee 7 zog, war ich noch in meinen wildesten Jahren. Jedes Wochenende Party war fast nicht genug. So begab es sich, dass ich eines Nachts stockbesoffen aus einer Albersdorfer Kneipe wankte – in der Hoffnung auf ein Taxi zu stoßen. Man glaubt es nicht: Auch wenn man blind ist, kann man doppelt sehen, wenn nur die Promillezahl stimmt. Der Alkoholkonsum ist übrigens nicht der Grund für meine Blindheit – dafür zeichnet ein gutartiger Gehirntumor verantwortlich, der das Nervenwasser nicht abfließen lassen wollte und dadurch den Sehnerv indirekt zerstörte. Aber sei's drum – mit Casimir möchte ich nicht tauschen. Nun, ich wankte draußen herum - fand aber kein Taxi. Die Verzweiflung stieg langsam in mir hoch, denn zur Kneipe fand ich auch nicht mehr zurück.

Da hörte ich auf einmal von rechts ein Genuschel. Ich dachte zunächst, es sei der Wind, da verstand ich aber langsam einige Wörter, die dem Plattdeutschen – meiner heimatlichen Mundart - nicht unähnlich waren. Vor lauter Verzweiflung – das Bier war auch nur noch schwer in meiner Blase zu halten – rief ich: „Hallo, ist da jemand?"

Keine Antwort:

„Kann mir jemand helfen? Hallo!"

Jetzt vernahm ich eine Reaktion auf mein Rufen: „Wer kummt dor doer de deel? Kumm doch doer de doer dor doer."

Ich verstand. Vom Alkohol ermutigt und vom Harndrang getrieben, ging ich vorwärts und stieß auch alsbald auf eine Mauer.

So, der Harndrang ließ sich nicht mehr zurückhalten, sodass ich mich erstmal an der Mauer entleerte:

„Wer pisst dor in mijn gor'n?"

„Hallo!"

„Ja, kumm doch her."

Auf einmal spürte ich eine Hand an meinem linken Ellenbogen: „Kumm doch her." Ich drehte mich um und wurde eines Mannes gewahr, der in etwa so groß sei musste wie ich:

„Hallo", stammelte ich: „Wer sind sie?"

„Ek bin Casimir. Kumm doch mit rijn."

Da ich nichts Besseres zu tun hatte und mir auch langsam kalt wurde – es war September – hängte ich mich an Casimirs Arm und ließ mich von ihm mit ins Haus nehmen: „Wuld du en Beer hab'n?"

„Nee, nee, vielen Dank. Davon hatte ich schon genug", lehnte ich das freundliche Angebot ab: „Ein Kaffee wär schön."

„Jo, shallst en Kaffe hab'n. Ok en Kaesbrot?"

„Nee, kein Käsebrot, ich bin noch so voll vom Bier. Sage mal, wo kommst du denn her? Dein Dialekt ist fast so wie unser Plattdeutsch, aber nicht ganz."

„Ek kum ut de Nederlands. Ek war dor bie de Tier'n in Zoo."

„Ach, Zoowärter. Das ist auch ein netter Beruf."

„Nee, keen Wärter, Direktor!"

„Oh, ein Zoodirektor." Mittlerweile fühlte ich mich schon fast wieder nüchtern, der Kaffee und der komische Kautz sorgten wohl dafür. Obwohl, vielleicht war ich ja immer noch im Delirium und diesen Typen gab es gar nicht?! Ja, das muss so sein. So einen Typen kann es doch gar nicht hier geben, oder? Aber der Kaffee war heiß und schmackhaft und das da unter mir war ein Sessel, musste ein Sessel sein.

„Segg me mol, ek bin meist verdammt schüchtern, worum ni bi di?" unterbrach dieser Mann meine Gedanken.

Was will er denn jetzt? Sollte das eine Anmache sein? „Schüchtern, häää warum?", fragte ich nach.

„Na, ek snak sonst meist nur mit de Tier'n. De Mense sind mi schid egol."

Das mag vielleicht daran liegen, dass ich mittlerweile stank wie ein Iltis, dachte ich, sicher war ich mir aber nicht.

„Jo, ek hav öwerhaupt keen Kontakt to de Mense in mine Umgebung. Dorum bin ek hergetraaken, um alleen to wen."

„Aha, aber jetzt haben wir uns getroffen."

„Jo, genau. Du stinkst over ok as en Tier, du."

„Ich weiß, aber in der Kneipe war es rauchig und dann ist mir noch ein Schnitzel auf die Hose gefallen."

„Snitzel ob dine bucks, dat is witzig."

Nun, das fand ich nicht. Das Schnitzel war nämlich noch kochend heiß und die Körperregion, auf die es fiel, eine äußerst sensible. Aber, nun sei's drum.

„Du kannst nix kiken?" erkundigte sich Casimir neugierig.

„Ja, nee kann ich nicht."

„Ek hal mol en blinde Känguru bi mi. De mug gor ni spring'n, weil wär bang bi'd daal kom'n."

„Kann ich verstehen", antwortete ich, „ich mag auch nicht gerne springen, wenn ich nicht weiß, wo ich runterkomme." Ganz davon abgesehen, dass ich es auch nicht sonderlich gut konnte mit vier Litern Bier im Leib. Im Sessel war es ansonsten ziemlich gemütlich, obwohl der Stoff sich abgewetzt anfühlte und ich wie in einer Kuhle saß, als sei der Sessel recht durchgesessen.

„Erzählen Sie doch mal etwas mehr von sich. Die Nacht ist sowieso gelaufen."

„Ui, jo, dat maak ek. Watt wuld du hör'n?"

„Ja, also, ich bin häufiger hier und habe Sie hier noch nie getroffen. Seit wann wohnen Sie hier in Albersdorf? Oder - vielleicht fangen Sie mal ganz am Anfang an. Aber, erstmal gehe ich nochmal auf Toilette. Das Bier kommt nur in Etappen raus." Nachdem Casimir mich zur Toilette gebracht und mich anschließend wieder mit in sein Zimmer genommen hatte, fing er an – und von dieser Stelle an schreibe ich nur noch im Hochdeutschen, um seine Worte für viele Leute verständlich zu machen:

„Also, zuerst einmal bin ich Casimir und ein Du. Dieses ,Sie', das haben wir bei uns nicht so gern."

„Ok, ich bin Carsten. Lustig, dass sich unsere Namen so ähnlich anhören."

„Hallo Carsten, freut mich sehr."

„Ganz meinerseits."

„Also, lass mich mal im Elternhaus anfangen. Also, ich bin am 10. April 1947 in Amsterdam geboren. Meine Mutter war eine polnische Jüdin, die in den 30er Jahren zuerst nach Österreich und dann in die Niederlande geflohen ist. Mein Vater war Biologe und hat Studenten an der Uni in Amsterdam unterrichtet. Sein Hauptgebiet war die Fortpflanzungsbiologie. Er hatte immer viele Modelle von tierischen Geschlechtsorganen und so in seinem Arbeitszimmer."

Casimirs Stimme zitterte als er von seinem Vater sprach. Es muss ihm wohl viel an seinem alten Herrn liegt. Auf einmal merkte ich jedoch, wie ich müde wurde.

„Sag mal Casimir, und darüber bist du zum Zoo gekommen?"

„Nee, doch nicht über die Geschlechtsorgane von Pinguinen. Mensch, wer kann sich so etwas ausdenken?"

„Nee, ich mein` ja bloß."

„Nee, nee, das kommt ja noch."

„Aha, denn man to!"

„Nee, mein Vater hat Kängurus gezüchtet. Im Ersten Weltkrieg war er in Australien auf der Känguru-Insel und – keine Ahnung, was er da gemacht hat – auf alle Fälle soll er wohl mit Kängurus wiedergekommen sein."

Warte mal, dachte ich, Erster Weltkrieg? Dann war der Vater wohl schon recht alt. „Casimir, wie alt war dein Vater denn, als er dich zeugte?"

„Da war er schon 50. Er war ja Fortpflanzungsbiologe und das bis ins hohe Alter. Meine Schwester ist noch 20 Jahre jünger als ich."

Wow, was die Niederländer alles können, dachte ich: „Dann war dein Vater wohl sehr gut auf seinem Gebiet und recht praxiserprobt."

Casimir lachte leise vor sich hin: „Jo, kann man so sagen. Er hatte damals schon das Viagra für Tiere entwickelt. Dinge wie ‚Rüdenpower' und ‚Sanfter Stängel' kommen von ihm."

Er sagte das so, als ob jeder diese Dinge kennen müsse: „Aha, ‚Rüdenpower', soso", wiederholte ich.

„Genau, und das Springfederpräparat für die Kängurus."

Ich hatte Mühe, mein Lachen zu unterdrücken, aber zumindest war die Müdigkeit erstmal wieder verflogen. Springfederpräparat für Kängurus – ich packe es nicht ☺. Im Hintergrund hörte ich langsam das Singen der erwachenden Vögel. Ich erfühlte auf meiner Uhr das Ziffernblatt und stellte zu meinem Erstaunen fest, dass es schon halb fünf morgens war. Na gut, ich war ja auch schließlich bis drei in der Kneipe gewesen. „Sage mir mal, Casimir, können wir uns wiedersehen? Ich würde gern noch viel mehr von dir hören, aber, es ist schon spät, ich muss ins Bett, denn ich will heute noch was schaffen, ähm, sobald ich wieder aufgestanden bin."

„Jo, natürlich können wir uns wiedersehen. Wo wohnst du denn?"

„Äh, in Wrohm" brachte ich stockend heraus.

„In Wrohm?", rief Casimir begeistert aus, „Da, wo Hermann Glüsing wohnt und wo sein Vater gewohnt hat?"

Immer die Erinnerung an diese alten Knüsse, dachte ich[2]. „Äh, ja, genau da."

„Gut, dann bring ich dich hin, brauchst kein Taxi nehmen."

„Oh, fein. Mein Geld habe ich sowieso versoffen."

Casimir lachte. Er nahm mich am Arm und führte mich zu seinem Auto.

„Was ist das für ein Auto?", erkundigte ich mich.

„Haha, ein vierzig Jahre alter Opel. Der war schon damals nichts wert, aber weil ich nicht unter Menschen gehe, brauche ich auch kein neues Auto."

„Leuchtet ein", erwiderte ich. Auf dem Sitz des Opels fühlte man sich wie in einer Hängematte; man saß praktisch auf dem Boden des Fahrzeugs. Ich nannte ihm meine Adresse und nach etwa zehn Minuten hörte ich ihn sagen: „So, hier sind wir denn."

Als ich mich verabschiedete und ausstieg, merkte ich erst, wie sehr es doch in seinem Auto gestunken hatte. Da mein Vater Pferde züchtete und als Landwirt auch sonst immer zahlreiche andere Tiere in seinem Stall gehabt hatte, wusste ich, wie Tiere riechen. Diesen Geruch kannte ich aber noch nicht. Danach würde ich ihn das nächste Mal fragen. Als ich mich ins Bett legte, schlief ich sofort ein. Als ich – erneut bedingt durch den Harndrang – wenige Stunden später wieder aufwachte, war ich der festen Überzeugung,

---

[2] Hermann Glüsing war gebürtiger Wrohmer und von 1950 bis 1981 Kreispräsident in Norder- bzw. Gesamtdithmarschen.

geträumt zu haben. Allerdings wollte mir partout nicht einfallen, wie ich nach Hause gekommen war. Vielleicht würde sich das nach ein paar Stunden mehr Schlaf aber ergeben.

Als ich dann um 12 Uhr erneut aufwachte und immer noch keine andere Erklärung für mein Nachhausekommen hatte als eben die, dass dieser Casimir mich gebracht hatte, hörte ich erstmal die Mailbox meines Telefons ab. Drei Nachrichten waren drauf.

Die erste kam von Peter, meinem besten Kumpel: „Hey Carsten, wo bist du denn? Du warst vorhin ziemlich besoffen, hoffentlich ist nichts passiert?" Hm, dachte ich. Das hat man nun davon, wenn man zu tief ins Glas schaut.

Die zweite Nachricht kam wieder von Peter: „Du, ich weiß ja, dass du immer auf die Füße fällst, aber mir kommt das reichlich komisch vor. Die Taxifahrer haben dich auch nicht gesehen." Toll, nun können noch nicht einmal die mir sagen, wie ich nach Hause gekommen bin.

Die dritte Nachricht war von Eva: „Hi Carsten, wir machen uns echt Sorgen. Ruf doch an, wenn du diese Nachricht hören solltest." Ok, dann würde ich mal bei Eva anrufen. Sie war die Freundin von Peter und würde ihm dann gleich berichten können. Peter lag wahrscheinlich noch selbst in sauer. Eva ging nach dem dritten Klingeln ran: „Hi Eva, Carsten hier."

„Oh, Carsten, wie schön, dass du anrufst. Wir hatten uns solche Sorgen gemacht."

„Kein Grund dazu" erwiderte ich. „Ich wurde von einem zugezogenen Niederländer aufgefunden. Der hat mich dann nach Hause gebracht."

„Zugezogener Niederländer? Wie bist du denn an den gekommen?"

„Ja, nu, ich schwankte draußen etwas rum und dann hörte ich ein Genuschel, ein merkwürdig plattdeutsches Genuschel, ich rief ‚Hallo' und er kam zu mir."

„Das muss dann ja ganz in der Nähe gewesen sein. So weit kommst Du doch alleine und dann noch besoffen nicht."

„Ja, war wohl in der Nähe."

„Nicht weit von der Kneipe steht ein verfallenes Gemäuer, von dem man sagt, dass sich dort seit Kurzem jemand herumtreibt. Warst du vielleicht dort?"

„Keine Ahnung. Auf alle Fälle hatte er eine Kaffeemaschine und einen Sessel, nein zwei Sessel", korrigierte ich mich. Ich war mir nicht sicher, wieviel ich Eva erzählen sollte, bevor ich mir über den gestrigen Abend nicht selbst vollkommene Klarheit verschafft hatte. Ach, was soll's? „Also, falls ich dort war, lebt dort jetzt jedenfalls ein pensionierter Zoodirektor aus Amsterdam."

„Du bist ja immer noch besoffen", lachte Eva, „was will wohl ein ehemaliger Zoodirektor aus Amsterdam in dieser Gegend? Der würde doch eher nach Friedrichstadt ziehen."

„Ja, nee, er ist sehr schüchtern und will auch gar nicht, dass man weiß, dass er da wohnt. Mich hätte er wohl auch gar nicht wahrgenommen, wenn ich nicht so gestunken hätte."

„Nun schlaf dich erstmal aus", lächelte Eva mir ins Ohr, „dann sieht die Welt schon wieder ganz anders aus."

Wie lange soll ich denn noch schlafen? dachte ich. Es änderte ja nichts an der Tatsache, dass es war, wie es war. „Ja, ist gut", sagte ich zu Eva, „grüße Peter bitte von mir."

„Ja, mache ich, du Saufkuh." Danke, dachte ich. Das hat mir jetzt gerade noch gefehlt - ‚Saufkuh', so hatte mich lange niemand mehr genannt.

So, erstmal richtig in die Gänge kommen, dachte ich und stieg unter die Dusche. Vielleicht hätte ich das lieber vor dem Schlafen erledigen sollen, denn als ich wieder in mein Zimmer kam und den Geruch von Kneipe und, hm, Undefinierbarem wahrnahm, konnte ich mir keine Illusionen mehr machen. Dieser Geruch, das passte wiederum zu der Geschichte mit diesem Casimir... Ich schlüpfte in neue Klamotten, Unterhose und Strümpfe an, Pullover übergezogen. Irgendwas fehlte noch, hm. Ach, die Hose. Vielleicht zog ich mir eine andere an wegen des Schnitzels. Warum erinnerte ich mich an all diese Dinge und warum glaubte Eva mir nicht wegen Casimir? Ach, egal. Wahrscheinlich sah ich ihn nie wieder.

Nach einem Glas kalter Milch – Milch macht ja bekanntlich müde Männer munter - setzte ich mich an meinen Schreibtisch. Ich war Student der Wirtschaftswissenschaften an der Fernuniversität Hamburg und bekam ein Stipendium von der Liberalen Gesellschaft. In Wrohm hatte ich eine kleine Wohnung – nicht weit weg von meinen Eltern, falls ich mal Hilfe brauchte. Und genau diese brauchte ich jetzt. Neben meinem Computer stand mein Telefon und ich rief meine Mutter an, um ihr von gestern Abend zu erzählen.

„Oh, mein Jung, dann träum mal weiter", war ihr erster Kommentar. Auch sie glaubte mir nicht, verdammt!

„Nee", widersprach ich, „Das WAR so. Die anderen sagten auch, da steht ein verlassenes, verfallenes Gemäuer."

„Ja, die Traumschlossallee 7. Da haben früher die Jugendlichen wilde Sau gespielt. Du weißt doch, die Ponderosa hier im Dorf[3]...

---

[3] Die Rede war von einem alten, verlassenen Bauernhof, der von einem Ehepaar ohne Kinder bewirtschaftet worden war. Ein paar Jugendliche hatten sich diesen vor etwa 30 Jahren zu einem Spottpreis gekauft, um dort eine Art Kommune einzurichten. Im Dorfslang wurde er dann nach der Ponderosa aus der TV-Serie „Bonanza" benannt, der fiktiven Ranch, die von Vater Cartwright und seinen drei Söhnen bewohnt wird. In der Serie leitet sich der Name von dem dort wachsenden Ponderosa Pine (Pinus ponderosa, dt. Gelb-Kiefer) her.

Da, wo die Verrückten gewohnt haben, die einen Leichenwagen zu ihrem Mobil umfunktioniert hatten. Die waren auch erst da."

„Ach, die mit Jonny Schwarzfleck und so weiter."

„Ja, genau!"

„Ok, dann passt Casimir dahin, haha."

Immer noch nicht gänzlich sicher, was nun gestern Nacht tatsächlich geschehen war, schaltete ich meinen Computer ein. Auch wenn ich blind bin, kann ich mit einem normalen Computer arbeiten. Es steht nämlich eine Braillezeile unter meiner Tastatur, die mir die Cursorzeile mit Stiften in Blindenschrift anzeigt. Eine Software, die mir den Bildschirminhalt vorliest, gibt es auch noch. Als ich meine Mails abholte, glaubte ich schon, dass sich meine Fragen bald klären würden. Es lag eine Mail von Alfred, einem anderen Kumpel, in meinem Posteingang. Als ich sie öffnete, stockte ich aber: „Carsten, wo bist du. Melde dich bitte sofort, wenn du diese Mail liest – von meinem iPhone gesendet." Na toll, dachte ich, mehr Fragen als Antworten. Das hörte sich geheimnisvoll an.

Als ich mich aber zur letzten Mail vorgearbeitet hatte, begann mein Herz zu rasen. Sie war von einem Casimir VDH und enthielt folgende Nachricht: „Hey Carsten, ich hoffe, du bist wieder nüchtern. Du hast deine Schuhe hier vergessen." Ach, du Scheiße. An meine Schuhe hatte ich gar nicht gedacht. Mir war es schon einmal passiert, dass ich sie beim Tanzen auf dem Saal vergessen hatte, doch da war ich 18, jetzt war ich 27. Stimmte aber, Schuhe hatte ich noch gar nicht an. Gut, aber auch ein Mann besitzt mehr als nur ein Paar Schuhe, sodass ich trotzdem welche anziehen konnte. Ich klickte auf „Antworten" und schrieb: „Toll, ja und nu? Kannst du sie vorbeibringen?"

Ich atmete tief durch und erhob mich. Erstmal einen Tee kochen! Nach einem solchen Besäufnis spielte mein Körper wie immer verrückt. Ich fror, mir war leicht übel und Hunger, nein Hunger, hatte ich schon gar nicht. Als der Tee gebrüht und ausgeschlürft war, ging es mir besser. Das beruhigte wenigstens den Magen. Naja, jetzt schwitzte ich, schwitzte wie ein Bär – auch kein Vergnügen. Ich setzte mich wieder an den PC und schaute nochmals nach den Mails. Es klingelte. Sofort klickte ich mit meiner Braillezeile – dieses Gerät ist auch ein Mouse-Ersatz für mich – auf „ungelesen". Casimir VDH hatte mir geantwortet: „Ich kann dir die Schuhe vorbeibringen. Aber erst heute Abend. Tagsüber traue ich mich nicht aus dem Haus." Ich klickte erneut auf „Antworten": „Ok", schrieb ich, „das geht klar. Du weißt ja nun, wo ich wohne."

So schwer es mir auch fiel, ich bemühte mich in den folgenden Stunden, den Stoff durchzuarbeiten, den das aktuelle Semester vorschrieb. Casimir meldete sich nicht wieder, obwohl ich bei jedem Klingeln meines Mailprogramms wie elektrisiert zusammenzuckte und immer sofort nachsah. Abends lag ich auf dem Sofa, es wurde 20:00 Uhr, es wurde 21:00 Uhr, und ich dachte schon, dass es im Bett langsam bequemer wäre und ich mir bald neue Schuhe kaufen müsste, da klingelte es an der Tür. Na, kommt er endlich, dachte ich. Und in der Tat, als ich öffnete, strömte mir derselbe Geruch in die Nase, den ich noch von der gestrigen Heimfahrt erinnerte.

„Guten Abend, Carsten."

„Hallo Casimir."

„Dann lass mich mal reinkommen."

„Jupp, warum nicht." Casimir steuerte zielstrebig das Sofa an, auf dem ich eben gelegen hatte, und das genau gegenüber von meinem Fernseher und der Stereoanlage stand.

„Na, magst du mich heute auch noch, wo ich nicht mehr rieche wie ein Tier?", fragte ich.

„Ja, ja, das geht alles."

Ich war froh, dass ich mich in keinen Dauergestank einhüllen musste, wenn ich diesem komischen Kautz begegnen wollte.

„Ach, hier sind deine Schuhe. Die standen noch draußen an der Hauswand", hielt er mir die Schuhe entgegen. Er musste sie die ganze Zeit in der Hand gehalten haben, aber ich konnte das ja nicht sehen. Nun nahm ich ihm die beiden Schuhe ab: „Oh, danke, die haben mir schon gefehlt."

„Ich habe sie geputzt, sie waren etwas nass von dir."

Oh Mann, hatte ich die Schuhe ausgezogen, bevor ich gepinkelt hatte? Aber ich sagte nur „Danke dir. Saubere Schuhe sind wichtig."

„Ja, weiß ich."

„Wo du nun schon einmal hier bist. Magst du mir noch mehr von dir erzählen?" Ich war ja unendlich neugierig und wollte wissen, um was für einen geheimnisvollen Zuwanderer es sich handelte, von den mir niemand glaubte, dass ich ihn getroffen hatte.

„Vielleicht erzählst du aber auch erstmal von dir?", entgegnete Casimir jedoch. Oh Mann, der ist aber hartnäckig, was soll's? „Gut, aber das ist schnell erzählt. Ich bin 27, habe in Heide Betriebswirtschaft studiert und dann keinen Job gefunden- außer als Lotterie-Los-Verkäufer am Telefon. Dann habe ich ein Fernstudium der Wirtschaftswissenschaften an der Fernuni Hamburg aufgenommen und bekomme ein Stipendium von der Liberalen Gesellschaft. Tja, wenn Arbeitgeber das Wort ‚blind' hören, wissen sie oftmals nicht, wie sie mich einsetzen könnten und tun sich mit einer Einstellung von mir schwer."

„Leuchtet ein. Da wird wohl nicht genug aufgeklärt."

„Genau so ist das."

„Und wie kam das mit deiner Blindheit?"

„Ach ja, seit ich vier bin. Ein gutartiger Gehirntumor versperrte dem Gehirnwasser den Abfluss, was den Druck auf den Sehnerv so erhöhte, dass er kaputtging."

„Ah ja, das hatte mein Opa auch. Der ist auch blind geworden, aber er war eh schon alt und klapprig. Obwohl er nun gar nix mehr sehen konnte, ist er noch mit meiner Oma auf Safari gefahren. Und stell dir vor, weil er ja nix gesehen hat, ist er dann von einem Krokodil gefressen worden!"

„Ach du meine Güte, so soll das bei mir ja nicht enden! Mir haben sie einen Schlauch eingebaut, über den das Gehirnwasser jetzt abfließen kann."

„Gute Idee."

„Aber, jetzt bist du an der Reihe mit Erzählen, mein Freund."

„Ich verstehe, dass du neugierig bist. Ich sammle dich einfach in der tiefsten Nacht auf und schreibe dir Mails, obwohl du mir deine Mailadresse gar nicht gegeben hast."

Stimmt, die hatte ich ihm wirklich nicht gegeben. „Und wie kommst du dann an meine Mailadresse?"

Casimir kicherte: „Du hast eine Visitenkarte bei mir im Badezimmer verloren!"

Oh, ja, das passiert mir oft, dachte ich. Ich trug sie haufenweise mit mir herum, in der Hoffnung, sie jedem potentiellen Arbeitgeber in die Hand zu drücken.

„Ich möchte wirklich wissen, warum ich bei dir nicht schüchtern bin. Ansonsten meide ich die Menschheit, wo ich nur kann", sinnierte Casimir vor sich hin.

„Ich dachte, es lag am Geruch?"

„Glaube ich nicht. Dann müsste ich mich ja auch gegenüber jedem Bauern, der aus dem Stall kommt, offenbaren können."

Wo er Recht hat, hat er Recht, dachte ich. „Vielleicht ist es, weil ich nicht sehen kann?"

„Mag sein, scheiß egal. Es ist so, wie es ist, und es ist gut."

„Wie kann man eigentlich Zoodirektor sein, wenn man so schüchtern ist?"

„Ja, erzähle ich dir gleich. Nun lass mich mal von vorne anfangen. Also, von meinen Eltern und meiner Heimat hatte ich dir ja schon ein bisschen erzählt."

„Genau!"

„Genau, also mein Vater hat in meiner Kindheit Kängurus gezüchtet und die Studenten unterrichtet. Ich hatte auch ein eigenes Känguru, das Känguru Hans."

Ich schmunzelte. Wie konnte man ein Känguru Hans nennen? Aber ich schwieg.

„Ja, das Känguru Hans, später kam noch eine Schildkröte dazu – die Schildkröte Nikita-Denise. Ich hab sie sogar mit hierher nach Albersdorf genommen, sie ist erst vor einem Jahr gestorben."

Nun musste ich aber doch nachfragen: „Wie kommt Ihr dazu, den Tieren diese Namen zu geben?"

„Wieso nicht? Hans ist ein bodenständiger niederländischer Name und Nikita-Denise – so habe ich sie selbst genannt – aber erst später, als ich tatsächlich eine Nikita-Denise getroffen hatte."
Ich konnte mir meinen Teil denken, schwieg aber.

„Ok, der Reihe nach."

„Genau. Also ich ging zur Grundschule, war ein mittelmäßiger Schüler, was auch daran lag, dass ich so viel mit Hans unterwegs war. Wir waren unzertrennlich. Ich hüpfte mit ihm um die Wette, wenn ich ihn im Rucksack hatte, kletterte auf Bäume - dabei war er noch nicht einmal ein Baumkänguru, wir spielten sogar Fußball und teilten uns das Pausenbrot."

„Du hast ihn mit in die Schule genommen?"

„Klar, warum nicht? Die anderen Schüler waren mir viel zu langweilig mit ihren Alltagssorgen: Hausaufgaben, blaue Briefe, zu viel Arbeit zu Hause und so. Diese Sorgen hatte ich zwar auch, aber ich habe mich nicht darum gekümmert. Hans und ich waren ein super Team und haben alles irgendwie hingekriegt."

Alle Achtung, dachte ich. Der hat seine Schulprobleme mit einer Beutelratte besprochen. Das konnte doch gar nicht sein! Aber ich war nüchtern. Also musste es schon stimmen.

„Nur Mathe konnte Hans nicht. Da musste ich selbst durch."

Ich konnte nicht mehr. Der Typ hatte mit Hans, dem Känguru, seine Hausaufgaben gemacht, hahahaha.

„Du musst nicht lachen. Kängurus sind schlaue Tiere – schlauer sogar als Ameisen."

Ich versuchte, mich zusammenzureißen. Nun, was soll's? Ich entspannte mich einfach und lauschte seinen Erzählungen über schlaue Ameisen und Kängurus. ‚Das kann doch gar nicht wahr sein☺', sagte ich mir und atmete tief durch.

„Bei Mathematik musst du für gewöhnlich dem Känguru so oft auf das linke Vorderbein klopfen, wie die Zahl am Anfang deiner Aufgabe groß ist. Dann kommt das Vorzeichen. Ziehst du ihm am Schwanz, heißt das ‚Minus'. Ziehst du ihn am Ohr, heißt das ‚Plus'. Dann musst du ihm die andere Zahl auf das rechte Vorderbein klopfen, und dann hüpft es dir das Ergebnis. Das konnte Hans aber nicht", referierte Casimir weiter.

Entspanne dich, entspanne dich, alles wird gut, beruhigte ich mich selbst.

„Naja, als ich dann auf die Oberschule kam, konnte Hans nicht mehr mit. Erstens war es nicht erlaubt, und zweitens hatte er langsam Interesse an Känguru-Frauen. Mein Vater ging mit ihm drei-, viermal die Woche in den Amsterdamer Zoo nach Sloterdijk und besuchte mit ihm das Känguru-Weibchen Anneliese. Da war Hans hinterher immer sehr entspannt."

Entspannung, genau richtig, haha.

„Nach dem Abitur habe ich dann gleich angefangen zu studieren – Zoologie – was sonst? Mein Vater hat mir da sehr geholfen. Ich wollte immer so sein wie er!" schwärmte Casimir, „mit Tieren arbeiten, ihnen etwas Gutes tun und versuchen sie zu verstehen – ihr Verhalten eben. Zu meinem Abitur schenkte mir mein Vater deshalb auch eine Schildkröte zur Übung – damit ich lernen konnte, auch mit dieser Gattung umzugehen. Du musst wissen, diese Tiere gibt es schon seit 220 Millionen Jahren, also viel, viel länger als die Menschen oder fast alle anderen Tiere, die wir heute kennen."

Ich war beeindruckt. Casimir, so seltsam dieser Typ auch sein mochte, hatte offenbar wirklich Ahnung. Er dozierte so überzeugend wie ein Professor.

„Diese Schildkröte – es war eine Lederschildkröte, die größte ihrer Art – hatte ihr Leben bisher vor allem in Laboratorien verbracht, in denen unterschiedliche Wirkstoffe an ihr ausprobiert wurden."

Ich schreckte auf: „Tierversuche?"

„Ja, aber immer nur zum Wohl der Tiere, nicht dem der Menschen."

„Aha, dann ist ja gut." Weiter entspannen und lauschen, dass man ja nicht an der falschen Stelle lachte.

„Naja, und da hatte sie immer nur eine Nummer gehabt, aber keinen Namen. Ich war ein junger Mann, allerdings zu schüchtern und unbeholfen, um eine Frau in freier Wildbahn kennenzulernen."

Man beachte das zoologische Vokabular, dachte ich.

„Darum ging ich in der Nacht, nachdem ich mein Abschlusszeugnis von der Oberschule bekommen hatte, in eine Amsterdamer Nachtbar. Im Schutz der Dunkelheit und ohne lange darüber reden zu müssen, was man will, das ging dann."

„Weiß ich, ich habe bisweilen ähnliche Sorgen."

„Siehst du, dann verstehst du mich. Wie dem auch sei, es kam gleich eine Dame auf mich zu, die sich mir als Nikita-Denise vorstellte. Sie war eine Prachtfrau – langes, blondes wallendes Haar, einen Ausschnitt bis zum Bauchnabel und eine Stimme wie Seide."

Oh ja, ich konnte es ihm nachempfinden

„Ich war hin und weg. Wir gingen auf ihr Zimmer und als wir uns wieder an die Bar setzten, wusste ich, warum Hans immer so entspannt aus dem Zoo zurückkommt."

Hahaha, es nützte nichts, ich musste kichern, erstaunte mich doch die Offenheit dieses angeblich so schüchternen Mannes.

„Am nächsten Tag also schenkte mir mein Vater dann diese Schildkröte, dieses namenlose Schildkrötenweibchen, und ich wusste sofort, wie ich sie nennen würde. Sie war nämlich keine gewöhnliche Schildkröte, mein Vater hatte an ihr Mittel ausprobiert, die langfristig den Fortbestand dieser Reptilienart auch in Europa sichern sollten."

„Aphrodisiaka?"

„Richtig, mein Vater hatte Aphrodisiaka für Tiere entwickelt. Sie war heiß, Carsten, richtig heiß! Normalerweise denkt man, Schildkröten sind langsam und behäbig, Nikita-Denise nicht. Sie lief fast so schnell wie Hans in seinen besten Zeiten und versuchte sogar, mir auf den Arm zu springen. Ich führte sie dann ab und zu – genauso wie mein Vater einst Hans – in das Amsterdamer Terrarium aus zu einem Schildkrötenmann."

Dieses ganze Gerede über Sex machte auch mich langsam heiß – verrückt, oder? Ich stellte mir eine Schildkröte mit blonden Haaren und großen Busen vor. Ach, Quatsch mit Sauce, oder nicht?

„Du musst nicht denken, dass ich Sodomist bin, ich ging lieber zur menschlichen Nikita-Denise, aber die Schildkröte war eben genauso wild und heiß wie die Dame aus dem Club ‚Offene Hose'."

Ein schöner Name für einen Puff, dachte ich bei mir. Mit seinem niederländischen Akzent klang es dreimal so witzig. Das lässt sich auf einer Buchseite aber nicht annähernd wiedergeben. Vielleicht mache ich ja nochmal ein Hörbuch aus dieser Sache…

Aber Casimir setzte an weiterzuerzählen. „Weißt du, ich habe früh gemerkt, dass Tiere etwas ganz Besonderes für mich sind. Ich vergleiche sie nicht mit Menschen, das wäre nicht richtig, auch wenn es einige Tierschutzverbände anders sehen. Tiere sind für mich so etwas wie die Ureinwohner dieses Planeten und wir sind nur zu Gast."

Ein wirklich interessanter Gedanke, wie ich fand. Da klingelte das Telefon. Ich ging hin und stolperte fast über meine Schuhe, die mir Casimir mitgebracht hatte: „Carsten hier" meldete ich mich.

„Carsten, du Sack!" Es war Alfred.

„Hallo Alfred."

„Warum meldest du dich nicht, ich hatte dir doch eine Mail geschrieben."

„Erstens, weil ich es vergessen hatte, und zweitens, weil es eine ewig lange Geschichte ist."

„Morgen Abend kannst du sie mir erzählen. Dann treffen wir uns ja vielleicht im Mex[4].

„Ja, ich weiß noch nicht. Ich melde mich."

„Ok, aber nicht vergessen."

„Nee, nee", versicherte ich und legte auf.

„War das deine Freundin?" fragte Casimir

„Nein, leider nicht. Mit so etwas kann ich nicht dienen."

„Warum nicht? Bist du auch schüchtern?"

„Ja, nee, geht so. Aber wenn man die Leute nicht sieht, ist es schwierig, sie anzusprechen. Man hört sie zwar, aber das kostet dann viel Überwindung und das klappt nicht immer, kann sogar sehr peinlich werden"

„Ach so… und deine Kumpels? Können die dir nicht helfen?" bohrte Casimir weiter.

„Ach, die… der eine ist schwul, der andere würde sich die Frau lieber selbst unter den Nagel reißen, das ist Peter, aber derzeit ist er mit Eva zusammen, und die sind mir auch keine große Hilfe."

„Schade"

„Ach, was soll's? Somit haben wir beide ähnliche Probleme."

„Genau."

„Genau. Gibt es hier in der Gegend denn auch einen Nachtclub?"

„Ja, schon – ist auch ganz nett da."

---

[4] Das Mex ist eine auf mexikanisch gemachte Kneipe in Heide, wo es Cocktails, scharfes Essen usw. gibt.

„Gut, dann gehen wir da morgen hin."

Jetzt war ich überrascht. Stand Casimirs Stengel derart unter Druck, dass er gleich mit mir auf die Piste wollte? Wir kannten uns doch gerade erst – oder ergriff er einfach die Gelegenheit beim Schopf, dort nicht alleine auftauchen zu müssen? „Jupp, machen wir", stimmte ich dann doch zu. Dann musste ich nur noch Alfred absagen, nicht dass er wieder nichts von mir hörte. Nicht vergessen, nicht vergessen, bleute ich mir gedanklich ein.

Casimir verabschiedete sich. Es war mittlerweile wirklich spät geworden, aber an Schlaf war nicht zu denken. Ich nahm erst einmal eine kalte Dusche. Ja, die tat gut. An meiner Erregtheit änderte sie jedoch nichts. Nicht, dass ich auf Sex mit Tieren stand, das fand ich wirklich abstoßend und widerlich, aber von diesem Gerede über geile Tiere, die nichts anderes als Sex im Kopf zu haben schienen, zwang einem unweigerlich Assoziationen an die eigene Sexualität auf! Ich zog also ernsthaft in Erwägung, am nächsten Abend mit Casimir ins ‚Red Flowers' zu gehen. Das bedeutete aber, den Druck auf dem Kessel erstmal konstant zu halten. Das „Red Flowers" war ein Nachtclub, der dafür bekannt war, dass die Damen dort das Sagen hatten. Sie boten sich aus lauter Geldgeilheit weitestgehend ohne Hilfe von Zuhältern an. Diese Nacht schlief ich unruhig – musste ich doch viel an Casimir und unseren bevorstehenden Ausflug denken.

Kapitel 2 – Gemeinsam durch die Nacht

A m nächsten Morgen machte ich mir erstmal eine große Tasse Kaffee, die meine Nervosität aber eher noch steigerte als minderte. Naja, zumindest war ich wach und munter. Dann ging es an den Schreibtisch. Im Posteingang meines Mailprogramms war nur Spam. Ich ging also mit den Cursortasten zur jüngsten Mail von Casimir, in der er das Treffen für heute Abend bestätigte. Die unglaubliche Geschichte mit diesem Kerl nahm kein Ende. Ich klickte auf „Antworten": „Hallo Casimir, du holst mich dann heute Abend ab? Ich würde sagen, gegen 21h, ok? Ansonsten sind die Damen schon zu beschäftigt. Und dann werden wir das ‚Red Flowers' mal ordentlich aufmischen. Gruß, Carsten"

Ich rief das eingescannte Skript auf, das ich für die Prüfung an der Fernuni in Hamburg im Januar lesen musste – Unternehmensführung. Das war gar nicht schlecht, lernte man doch viel über Organisationsstrategien, Personalführung und dergleichen. Mich interessierten vor allem die geschichtlichen Exkurse. Aber auch diese konnten mich von meiner stetig steigenden Zerstreutheit nicht ablenken.

Endlich war es 14:00 Uhr – Zeit, mal wieder die Mails zu checken, dachte ich. Und tatsächlich fand ich eine Nachricht von Casimir vor. „Ich hole dich um 21h ab. Gruß, Casimir". Ich bekam einen Schreck. Was hatte ich getan? Ich konnte unmöglich in seinem miefigen, stinkenden Auto mitfahren, bevor ich mich der Damenwelt anvertraute, und er sollte es auch nicht tun.

Schnell klickte ich auf „Antworten": „Hm, Casimir, wie wäre es, wenn du hier vorfährst und wir teilen uns dann ein Taxi? Und verstehe mich nicht falsch, aber, hm, nimm vielleicht eine Flasche Deo mit." Die Mail ging los.

Nur wenig später klingelte es wieder im Posteingang, es war wieder Casimir „Warum sollen wir ein Taxi nehmen? Ich weiß, wo das ‚Red Flowers' ist. Wenn du wegen des Gestanks besorgt bist, kann ich dir sagen, dass die Damenwelt meinen animalischen Geruch sehr schätzt."

Die bekommen auch Geld dafür, so etwas zu sagen, dachte ich und gleichzeitig wurde mir klar, was für ein schwerer Job es doch war, ein Callgirl zu sein. Ich antwortete ihm: „Hi Casi, du, Taxi ist echt besser, der Taxifahrer kann uns dann noch ein paar Geschichten über das Heider Nachtleben erzählen. Gruß, Carsten"

Casimir schien nichts zu tun zu haben, denn zwei Minuten später bekam ich eine neue Mail von ihm: „Ok, ok, aber ich sitze hinten. Der Taxifahrer muss mich nicht unbedingt sehen."

Ich war erleichtert. Um diese Entscheidung unumkehrbar zu machen, rief ich sogleich bei einem Taxiunternehmen aus dem Nachbardorf an. Das Taxi würde um 21:00 Uhr bei mir sein.

Um 20:45 Uhr wartete ich schon angespannt auf Casimir und das Taxi. Könnten sie nicht schon hier sein? Ich sehnte mich schon nach den sanften Berührungen Nataschas oder Ingas und hatte den komischen Kauz schon ganz ausgeblendet. Da klingelte es an der Tür. Ich öffnete und roch sofort, wer vor mir stand: „Hi Casimir!"

„Guten Abend, Carsten, bist du bereit?"

„Ich ja, aber du nicht. Nimm bitte ein bisschen von jenem."

Ich zog ihn herein und lotste ihn Richtung Bad, wo ich ihm eine Flasche Parfüm reichte. Erleichtert roch ich nur Sekunden später, dass er die Flasche aufgedreht hatte: „Magst du es riechen?"

„Nee, riecht wie vermoderter Fisch."

Ich würde ihm auch bald einen Termin beim Hals-Nasen-Ohren-Arzt besorgen müssen. „Casimir, das ist beste Qualität, und das Zeug riecht nicht nach Fisch, sondern nach Zitronengras und Moschus."

„Ah, die Moschusochsen, das sind doofe Tiere. Die mag ich gar nicht."

Ok, ich würde jetzt mit ihm hinfahren und ihn dann seinem Schicksal überlassen. Ich hatte wahrlich andere Sorgen. Ich hörte das Taxi draußen hupen. So schnappte ich mir meinen Blindenstock und schloss die Tür hinter uns zu. Langsam tastete ich mich dorthin vor, wo das Taxi für gewöhnlich wartete, und öffnete sogleich die Vordertür. Nach ein paar Sekunden hörte ich auch, wie sich Casimir vollkommen verschüchtert auf die Rückbank schlich.

„N'Abend, Gerhard."

„N'Abend Carsten. Wo soll's hingehen?"

„Wir wollen ins ‚Red Flowers'."

„Du hast einen Festpreis für die Fahrt dorthin, oder?"

„Hm, nicht das ich wüsste."

„Doch, der Chef hatte gesagt, 30 Euro für dich."

„Das ist nett, danke." Mir war nicht bewusst, dass ich dieses Taxi so häufig nehme, dass ein Mengenrabatt gerechtfertigt wäre, aber was soll's? Auf der etwa fünfzehnminütigen Fahrt dorthin öffnete Taxifahrer Gerhard erstmal das Vorderfenster, sagte aber nichts.

Vor dem Bordell angekommen, bezahlte ich zunächst das Taxi. Casimir war schon ausgestiegen. Er wich den roten Lampen aus und verbarg sich im Schutze der Dunkelheit. „Soll ich dich reinbringen oder kriegt Ihr das selbst hin?", fragte Gerhard.

„Ach, vielleicht kannst du mich tatsächlich reinbringen. Mein Kumpel ist doch sehr schüchtern."

„Das erste Mal im Puff, wa?"

Dass es nicht so war, wusste ich ja, aber seine Schüchternheit im Vorfeld eines sexuellen Erlebnisses erstaunte mich dann doch.

Gerhard drückte auf die Klingel und kurze Zeit später öffnete Diana, die erste Bardame in dem Lokal, die Tür: „Hi Carsten, hast du heute jemanden mitgebracht?"

„Ja, das ist Casimir. Ihr müsst vorsichtig mit ihm sein. Er ist sehr, sehr schüchtern."

„Kein Problem, so etwas haben wir häufiger."

In diesem Ausmaß bezweifelte ich es allerdings. Gerhard verschwand, nicht ohne uns grinsend „Viel Vergnügen!" zu wünschen.

Diana führte mich sogleich zum Tresen und fragte, ob ich Gesellschaft wolle. Das bejahte ich. Nur einen Lufthauch später spürte ich an meiner linken Seite Hitze aufsteigen. Natascha hatte sich zu mir gesetzt: „Hi Carsten, ich bin durstig und geil. Wollen wir erstmal einen Sekt trinken?"

Durstig war ich weniger, aber das gehörte eben dazu. Wer hier Spaß haben wollte, musste nicht nur den Sex, sondern auch den Sekt teuer einkaufen: „Für die Dame einen Sekt und für mich einen Orangensaft bitte, Diana."

Sie kassierte die 25 Euro, die diese Getränkekombination kostete, auf der Stelle. Wir stießen an und ich versuchte, Natascha zwischen den Beinen zu streicheln, was sie jedoch zu verhüten verstand.

Casimir hatte ich überhaupt nicht mehr auf der Rechnung, als ich auf einmal den Casimir'schen Geruch an mir vorbeistreichen spürte. Eine Dame sagte etwas auf Russisch zu Diana, und diese schien ihre Frage zu bestätigen.

Leicht entsetzt wandte sich mir Natascha zu und fragte mich: „Tatjana hat gerade zu Diana gesagt, dass, falls ihr etwas passiert, sie sofort den Alarmknopf drückt und schnell Hilfe kommen möge. Wen hast du denn da bloß mitgebracht?!"

„Ach, das ist Casimir, ein ehemaliger Zoodirektor aus Amsterdam. Er hat mich vor ein paar Tagen gerettet, als ich besoffen in Albersdorf rumschwankte."

„Er riecht aber wirklich unangenehm, Carsten. Da bin ich froh, dass es dich gibt."

Im Stillen musste ich ihr Recht geben.

„So, komm, wir wollen jetzt auch Spaß haben." Natascha nahm mich am Arm und führte mich in ihr Zimmer. Casimir war wieder vergessen. „Nicht so stürmisch, Carsten. Du hast für eine ganze halbe Stunde bezahlt", mahnte mich Natascha. Das Geld hatte ich Diana auf dem Weg in Nataschas Zimmer in die Hand gedrückt und Natascha selbst noch zehn Euro zugesteckt.

Diese halbe Stunde kam mir aber vor wie zehn Minuten „So, die Zeit ist um. Wir müssen uns anziehen und wieder in den Club gehen." Ich dankte ihr und ging mit ihr um einiges entspannter wieder zurück. Wie ich riechen konnte, war Casimir auch wieder da; zu hören war er allerdings nicht.

Als das Taxi für die Rückfahrt kam, nahmen wir beide auf der Rückbank Platz. Ich wollte ihn fragen, wie es ihm gefallen hatte. Seine Antwort war eher ein Flüstern, ein Hauchen, dass ja der Taxifahrer nichts hörte. „Es war sehr schön. Ihr habt hier hübsche Frauen."

„Und mochte sie deinen Geruch?"

„Sie hätte mich eben nicht zwingen sollen, meine Strümpfe auszuziehen."

Hahahahahaha, ok, ich wollte nicht mehr wissen.

In Albersdorf angekommen, sagte Casimir: „Diese Taxifahrt geht auf mich." Er drückte mir dreißig Euro in die Hand und verabschiedete sich still und leise. Nachdem mich der Taxifahrer zu meiner Haustür gebracht hatte und ich in meinem Bett lag, schlief ich sofort ein. Was ein bisschen Liebe doch bewirken kann!!!

Am nächsten Tag wachte ich ebenso entspannt auf, wie ich eingeschlafen war. Nach einer großen Tasse starkem Kaffee und einer Schale Cornflakes ging es mir richtig gut. Ich setzte mich wieder an den Computer, um meine Lektüre fortzusetzen und die Einsendeaufgaben zu bearbeiten.

Aber, erstmal die Mails checken – Bing! Da waren sie! Zunächst eine Mail von Casimir, der sich nochmal für den gestrigen Abend bedankte, also für den heißen Tipp, den ich ihm mit diesem Nachtclub gegeben hatte.

Und eine Mail von Alfred. „Oh Scheiße", dachte ich. Ich hatte ihm gar nicht abgesagt. Demzufolge stand auch in der Mail folgender Text: „Du bist echt ein Sackgesicht. Wenn Du schon nicht kommst, dann sage zumindest Bescheid. Wo warst du denn eigentlich?"

Widerwillig klickte ich auf „Antworten" „Hm, Alfred, das tut mir leid, aber, ich war gestern anderweitig beschäftigt. Carsten."

Vielleicht konnte er sich denken, was ich meinte, vielleicht auch nicht. Alfred war nämlich schwul. Ach, egal! So ein guter Kumpel war er auch nicht, wenn er mit seinen Jungs auftauchte und er mich fragte, ob wir einen Dreier machen wollen. Ich meine, er wusste ganz genau, dass ich auf Frauen stehe und nicht auf Männer, die zudem teilweise noch halbe Kinder waren. Wenn er mich jetzt noch einmal nervt, kann er zum Teufel gehen – vorausgesetzt natürlich, dass der Teufel schwul ist! Eine ausführlichere Antwort schob ich daher wieder mal vor mir her.

Mit größerer Freude antwortete ich dafür Casimir: „Hi Casimir, für den schönen gestrigen Abend bin nicht ich, sondern Tatjana verantwortlich. Ich freue mich aber, dass es dir gefallen hat. Beste Grüße, Carsten."

Ok, die Einsendeaufgabe: „Wählen Sie drei Arten der Organisation aus, erläutern und vergleichen Sie diese." Puh, einfach, aber langweilig. Gegen 12:00 Uhr war mir dann wieder nach Mails checken. Wie sollte es anders sein? Casimir hatte bereits geantwortet: „Hi Carsten, wollen wir uns heute bei mir treffen? Ich hole dich ab."

Dagegen sprach aus meiner Sicht nichts: „Ja, Casimir, hole mich doch gegen 20:00 Uhr ab."

Ok, das wäre geklärt. Das Abendprogramm stand fest. Also, weiter an die Arbeit, im Januar standen die Prüfungen an. Es war schon ein harter und manchmal höchst langweiliger Job, so ein Fernstudium. Hätte man nicht seine Mails, mit denen man sich ab und zu ablenken konnte, würde man wohl verrückt werden. Gegen 18:00 Uhr hatte ich aber das meiste gelesen. Morgen würde ich mit dem Skript fertig werden.

Ok, nachher ging es dann also zu Casimir. Da zog ich mir erstmal ältere Klamotten an. Die neue Hose und den hübschen Pullover wollte ich nicht in dieses Haus schleppen, von dem ich eigentlich keinen schlechten Eindruck hatte, sein Bewohner jedoch einen solchen zumindest vom Geruch her vermittelte.

Um ziemlich genau 20.00 Uhr klingelte es dann auch an der Tür. In der rechten Hand meinen Blindenstock, öffnete ich. Nanu, kein Casimir? wunderte ich mich. Es strömte mir ein frischer Blumenduft in die Nase. „Hallo? Wer ist denn da?"

„Ich bin es, Carsten."

Also, die Stimme passte voll und ganz auf Casimir. „Casimir?"

„Ja, wen hattest du denn erwartet?"

„Ich weiß nicht, aber du riechst wie Eva oder Miriam, auf alle Fälle nicht wie Casimir."

„Ja, Scheiße, ich hatte mir das Parfüm, das du mir gegeben hattest, in die Tasche gesteckt. Jetzt ist die Flasche kaputt."

„Du hattest sie mitgenommen?"

„Ja, aus Versehen", gab er verlegen zu.

„Du, Casimir, so etwas solltest du häufiger auflegen", ermutigte ich ihn, und war nicht im Geringsten böse, dass der Flacon ein so jähes Ende gefunden hatte. Wir stiegen in sein Auto – zumindest das roch noch immer so, wie ich es kannte. Casimir startete den Motor und fuhr los.

Auf einem Feldweg, der zur Bundesstraße Richtung Albersdorf führte, überholte uns in einem wahnsinnig engen Manöver ein Auto mit hoher Geschwindigkeit und einer laut aufgedrehten CD der Böhsen Onkelz. Ich identifizierte die Textzeile: ‚Ich will lieber stehend sterben als kniend leben...' Schwupps, da waren sie auch schon außer Hörweite. Wenn die weiter so cruisten, wäre das mit dem Sterben wohl bald erledigt. „Was war denn das?" fragte ich.

„Ach, da hat uns ein Leichenwagen überholt. Der hatte es wohl ziemlich eilig. Als ob die Kundschaft nicht warten könnte."

„Ach so, Jonny Schwarzfleck."

„Wer?"

„Muss man nicht kennen. So ein Chaot, der sich früher dort einquartiert hatte, wo du jetzt wohnst."

„Woher weißt du eigentlich, wo ich wohne?"

„Meine Mutter hatte mir erzählt, dass die Traumschlossallee 7 ein ziemlich heruntergekommenes Gemäuer wäre, wo eben diese Chaoten gehaust hätten."

„Naja, einige Zimmer sind aber noch gut in Schuss", rechtfertigte sich Casimir.

„Mir kam es auch nicht so heruntergekommen vor, als ich bei dir war", versuchte ich, ihn zu beschwichtigen.

„Nee, du warst ja auch in der guten Stube. - Vorsicht!!!!!!!!" schrie Casimir laut auf und trat heftigst auf die Bremse. Die Reifen quietschten und die Karosserie ächzte laut auf. Wegen des fortgeschrittenen Alters des Vehikels dauerte es einige Zeit, bis es zum

Stehen kam. Letztlich aber hatte das Auto die Fahrt abgebremst und Casimir würgte den Motor ab.

„Und, was war das nun?"

„Schade, dass du es nicht sehen kannst", bedauerte Casimir, „vor uns sind zwei Fasane, die sich gerade lieben."

„Oh, ein schönes Schauspiel – aber eben mitten auf der Straße? Glaubst du, dass sie es mögen, wenn wir ihnen zugucken?"

„Vielleicht stehen sie drauf", erwiderte er, verneinte meine Frage dann aber doch: „Ach, ich glaube nicht. Jetzt trotten sie weiter. Aber ich bin mir ganz sicher, dass diese Sache etwas mit meinem Parfüm zu tun hat. Das nehme ich nicht wieder."

Ach du Scheiße, dachte ich. Jetzt führte Casimir die Geilheit der Fasane schon auf mein Parfüm zurück, das er sich eingesteckt hatte. Mir war so etwas noch nie passiert. Nachdem Casimir den Motor wieder angeschmissen hatte, ging die Fahrt weiter: "Wir sind auch gleich da. Mehr als zehn Kilometer sind es ja nicht."

Erleichtert über die Aussicht, diese verrückte Fahrt bald beendet zu wissen, atmete ich auf. Endlich stoppte Casimir auch und stellte den Motor aus: „Wir sind da. Warte mal, ich komm rum und mache dir die Tür auf."

Als wir wieder in seinem Wohnzimmer saßen, bemerkte ich, dass es tatsächlich etwas zugig und ungemütlich war. Das störte mich aber nicht, frische Luft konnte ich nach der Autofahrt gebrauchen. Man glaubte gar nicht, was dabei herauskam, wenn man Stall- und Parfümgeruch miteinander mischte. So hatten sich nämlich die Düfte der zerbrochenen Parfümflasche und der des Casimir'schen Autos zusammengefügt.

„Möchtest du heute ein Bier?"

„Ja, gerne, was hast du denn da?"

„Heineken, was sonst? Gibt es noch ein anderes Bier?"

Mir war bis dahin nicht bewusst, dass man dieses Gesöff verbreitet als Bier bezeichnen sollte. Aber dennoch ermutigte ich ihn, mir eine Flasche zu holen.

„So, hier ist das Bier. Ich habe auch eines. Dann also Prost."

Wir stießen an.

„Nun erzähl doch mal, was hast du als Zoodirektor alles gemacht? Wie hast du das mit deiner Schüchternheit vereinbaren können?"

„Als Zoodirektor hast du die ganze Verwaltung des Tierparks unter dir. Welche Tiere sollen gekauft werden? Welche Tiere können wir abgeben? Wie können wir die Tiere betreuen? Welche Tiere sollen gezüchtet werden? Welches Personal brauchen wir? All diese Fragen liefen bei mir auf."

„Du hast bestimmt gleich Schildkröten einkaufen lassen, oder?"

„Hehe, nein Schildkröten habe ich nicht in Auftrag gegeben. Aber, ich habe Nikita-Denise ins Terrarium einquartiert und sie jeden Tag besucht."

Das Terrarium ist sicher ein passenderer Platz als die Studentenstube von Casimir, dessen war ich mir sicher.

„In meiner Freizeit habe ich dann auf einem Bauernhof gearbeitet. Es war manchmal echt witzig, wenn wir die Rinder auf die Viehwaage treiben mussten. Anschließend gab es immer Umtrunk mit Würstchen."

„Da konntest du aber ja gar nicht mitmachen bei deiner Schüchternheit", warf ich ein.

„Genau, habe ich auch nicht. Aber die Geschichten, die mir der Bauer erzählte, waren immer äußerst amüsant. Da gab es zum Beispiel den Bullen, den ich Paul getauft hatte. Er sollte eines Tages verkauft werden und musste sich wiegen lassen. Nun, wer mag das schon? Er war eben auch schüchtern. Auf alle Fälle riss er aus und lief durch die Straßen von Sloterdijk."

„Heißt so der Ort?", fragte ich.

„Ja, der Vorort von Amsterdam, in dem ich gelebt und gearbeitet habe. Auf alle Fälle lief er durch die Straßen und das ist ja gefährlich. So ein ausgewachsener Bulle wiegt so viel wie ein Kleinwagen. Dann kam er an ein Haus, vor dem eine Wäscheleine hing. Paul versuchte um jeden Preis, ins Haus zu kommen. Das gelang ihm aber nicht. Was ihm jedoch gelang, war, dass er von der Wäscheleine einen Schleier mitnahm und von dort an als verschleierter Bulle durch die Stadt lief. Ich habe später Fotos gesehen. Das war echt drollig."

„Und, wie habt ihr ihn wieder gefangen?"

„Er wurde wenige Zeit später von den Bauern mit Traktoren eingekesselt und man konnte ihm eine Beruhigungsspritze verpassen, per Betäubungsschuss."

„Dann habt Ihr ja nochmal Glück gehabt."

„Allerdings, das hätte leicht ins Auge gehen können. Aber das war ja noch nicht alles. Weil die Leute so besoffen waren, haben sie zuerst nicht den Bullen getroffen, sondern den Bürgermeister. Der ist dann erst zwei Tage später wieder aufgewacht, aber er war nie mehr derselbe."

„Warum?"

„Nun, er hatte fortan kein gutes Wort mehr für seine Dorfbevölkerung übrig und ist ziemlich schnell zurückgetreten und weggezogen."

Ich musste lachen, diese Situation konnte ich mir richtig vorstellen. Mein Vater hatte mir von ähnlichen Dingen auch aus Wrohm erzählt. Nur war es hier nicht der Bürgermeister, sondern der Polizeiwachtmeister gewesen, den man einmal versehentlich abgeschossen hatte…

„Mann, es ist richtig gemütlich bei dir", sagte ich und streckte die Füße aus, während ich an der Bierflasche nuckelte.

„Schön, dass es dir gefällt. Die zugigen Spalten im Gemäuer habe ich kürzlich mit Kuhdung abgedichtet. Jetzt wird es langsam richtig heimelig hier." Oh Mann, er lebt hier wirklich wie im Busch. Häuser mit Kuhdung abzudichten, ist eigentlich seit 200 Jahren hier in der Gegend aus der Mode – nein, eigentlich noch länger. Aber mir wurde auf einmal bewusst, warum Casimir mit Nachnamen „van der Huett" hieß. Eine Hütte war das hier nämlich wirklich, wenn er sie mit Kuhdung dichtschmierte.

„Hast du in den Niederlanden auch so gewohnt?" Insgeheim dachte ich mir, dass er jetzt von einer Wohnung im Affenhaus erzählt, es kam aber anders

„Nein, in Holland hatte ich eine richtige Villa. Als Zoodirektor verdient man nicht schlecht bei uns."

Nur weshalb wohnte er dann jetzt in einer solchen Bruchbude? Das musste ich hinterfragen: „Und weshalb hast du dir dann hier in Deutschland nicht auch eine Villa gekauft?"

„Das ist reine Tarnung. Ich will nicht, dass die Leute mir zu sehr auf die Pelle rücken. In einem etwas unscheinbaren Haus hat man doch schön seine Ruhe! Das war einfach optimal für Nikita-Denise und mich!", erklärte Casimir, „die Villa im Zoo konnte ich mir nicht aussuchen, die war für den jeweiligen Zoodirektor vorgesehen. Allerdings habe ich ja ohnehin die meiste Zeit auf dem Zoogelände verbracht."

Also doch, die Tiere standen bei ihm an erster Stelle, freute ich mich. Aber ich hatte mich zu früh gefreut, denn was jetzt folgte, hätte ich an dieser Stelle nie erwartet.

„Ach, Carsten, da war so eine Frau, die jeden Tag mit ihrer kleinen Tochter – höchstens zehn Jahre alt - in den Zoo kam. Bei Ihr konnte ich meine Schüchternheit kurzzeitig vergessen und ich zeigte ihnen die ungefährlichen Tiere aus nächster Nähe. Irgendwann gab sie mir ihre Telefonnummer im Tausch gegen meine. Mit ihr zu telefonieren war wunderbar, denn dann sieht man sich ja nicht persönlich, von Angesicht zu Angesicht, verstehst du? Dann kann ich sehr viel lockerer sein. Als mich die Frau dann aber auch zu Hause besuchen wollte, wurde ich nervös wie nie - also eigentlich wie immer. Aber du verstehst schon..."

Natürlich verstand ich. „Hast du was mit ihr angefangen?"

„Naja, angefangen?" Casimirs Atem ging hörbar schneller. „Wir haben zu Abend gegessen und dann – dann hat sie mich geküsst. Sie hat mich ‚ihr kleines Nashorn' genannt. Total süß, oder?"

Oh Mann, Nashorn - Iltis hätte wohl besser gepasst.

„Naja und dann ging es tatsächlich mit ihr ins Bett. Nächsten Tag ging sie schon früh nach Hause, weil sie ihre Tochter zur Schule bringen musste. Nach dieser Nacht kam sie aber nie mehr in den Zoo und rief mich auch nie mehr an."

Natürlich, die Tochter zur Schule bringen, nachdem diese schon eine ganze Nacht alleine geblieben war. Dann hätte sie wohl auch alleine zur Schule gehen können. Und wahrscheinlich hatte sie auch eher etwas anderes abgeschreckt, das dachte ich zumindest, in Erinnerung des Casimir'schen Duftes. Aber das wollte ich meinem neuen Freund nicht gleich auf's Butterbrot schmieren.

„Du musst sehr traurig gewesen sein."

„Ja, das war ich in der Tat. Ich war das erste Mal so richtig verliebt. Weißt du, wie das ist?"

Oh ja, das wusste ich wohl und umso mehr empfand ich eine gewisse Geistesverwandtschaft mit diesem Herrn, mit – das konnte ich sehr wahrscheinlich sagen – mit meinem Kumpel.

Kapitel 3 – Ein Vorschlag mit Folgen

Ach, dieser mittelalte, aber doch sehr herzliche Herr tat mir einfach leid. Er schien seine Tiere über alles zu lieben, ohne jedoch seine anderen Bedürfnisse – Sex, Zuneigung, Kommunikation – trotz seiner Schüchternheit verleugnen zu können. Diese Bedürfnisse konnte er freilich nur in einer sehr vertrauten Umgebung ausleben, die ihn seine Schüchternheit vergessen ließ. Aber mehr als mit ihm zu den professionellen Damen zu gehen, konnte ich auch nicht machen. Konnte ich nicht? Ich fasste einen Entschluss.

Ich überlegte hin und her, spann den einen oder anderen Gedanken weiter... Oh Mann, sagte ich da wirklich gerade, was ich dachte? „Casimir, hast du nicht Lust, mir mal die Niederlande zu zeigen?"

Ich war noch nie dort, kannte dieses Land nur aus billigen Witzen, von Linda De Mol oder Rudi Carrell. Das dürfte aber sicher nicht der Wirklichkeit entsprechen.

Casimir schien zu überlegen, ich hörte ihn nämlich nicht antworten.

„Alles gut bei dir, Casimir?"

„Ja, ja, alles in Ordnung. Hm. Ich soll dir die Niederlande zeigen? Hm... Es ist nicht schön dort - warum, glaubst du, bin ich hergekommen?"

„Weil du mit deinen Tieren allein sein möchtest", entgegnete ich souverän.

„Ja, aber auch, weil mir die Niederlande zu eng waren, weil mir einfach langweilig gewesen ist."

Ok, mit den Niederlanden konnte ich Casimir also keinen Gefallen tun. Wie wäre es mit Hagenbeck? dachte ich, wagte dann aber doch nicht, es zu äußern. Tierparks würde er sehr wahrscheinlich auch äußerst langweilig finden – war er doch lange Jahre der Chef eines solchen gewesen.

In meine Gedanken versunken, erschrak ich, als Casimir wieder zu reden begann: „Was hältst du davon, wenn wir auf die Känguru-Insel fliegen?"

Uff, die Känguru-Insel?

„Du sagst ja gar nichts. Aber da du gerne mit mir verreisen würdest... dachte ich..." stotterte Casimir.

„Aber wie kommst du dann gerade auf Känguru-Inseln?" fragte ich vollends verwirrt.

„Naja, da war ich noch nie, und ich würde gerne einmal die Gegend kennenlernen, wo mein Vater seine Bestimmung erkannte."

„Dein Vater hat dort seine Bestimmung erkannt? Davon hast du noch nichts erzählt! Du hattest nur nebenbei erwähnt, dass er im Ersten Weltkrieg da war... Wie kommt man denn überhaupt da hin?" Na, da hatte ich mich ja in etwas reingeritten. Ich hatte ihm einen Kurz-Trip in die Niederlande vorgeschlagen, sozusagen einen Besuch in der Nachbarschaft, und nun sprach er gleich von der Känguru-Insel. Wo zum Teufel lag die denn eigentlich?

„Weiß ich noch nicht, müsste ich recherchieren. Aber sobald man in Australien ist, dürfte es nicht mehr so schwierig sein."

Australien. Ich hatte es geahnt. Am anderen Ende der Welt! Na prima! Ich atmete tief ein. „Gut, dann recherchiere du mal. Ich bin gespannt." Das würde mir auf jeden Fall etwas Luft verschaffen! Meine Prüfungen standen noch nicht an und das Skript war fast durchgelesen, da konnte ich hinsichtlich einer solchen Reise ziemlich entspannt sein. Der Vorteil eines Fernstudiums war eben doch, dass man nicht zu festgelegten Vorlesungen in einem Universitätsgebäude erscheinen musste, um gelangweilten Dozenten zu lauschen, sondern ganz flexibel sein konnte. In meinem Kopf drehten sich die Gedanken. Ich war hin- und hergerissen; ja und nein, dafür und dagegen. Ich konnte es nicht fassen! Was machte ich da? Wo war ich da hineingeraten? Aber gut, warum nicht ein bisschen abenteuerlustig sein? Warum nicht einmal etwas Verrücktes wagen?

Moment, da meldete sich in mir der Diplom-Kaufmann mit Schwerpunkt Controlling und Finanzen zu Wort: Was würde das eigentlich kosten? Ein Flug nach Australien kostete sicherlich ein Vermögen! Vielleicht zahlte Casimir die Reise ja... So fragte ich vorsichtig: „Wie finanzieren wir denn so eine Reise?"

„Oh, das ist kein Problem. Die Kosten berappe ich. Die Niederlande bezahlen ihren öffentlichen Bediensteten sehr gutes Geld, auch wenn sie schon in Pension sind."

Ich atmete auf; ein Minuspunkt, der gegen dieses Abenteuer gesprochen hätte, konnte gestrichen werden. „Gut, dann kümmern wir uns mal um die Reise selbst."

Diesen Abend fantasierten wir noch viel darüber, wie es wohl auf der Känguru-Insel sein würde und wen – oder was – wir dort antreffen würden. Die Flaschen Heineken-Bier – natürlich war es nicht bei einer Flasche geblieben – schienen das ihrige dazuzutun. Je mehr man davon trank, desto besser schmeckte dieses Gesöff. Unsere grotesken Vorstellungen von den Wesen auf der Känguru-Insel reichten letztlich von sprechenden Kängurus bis hin zu Riesenratten und Überschallvögeln.

Mein Ziel, Casimir durch eine Reise stärker in die Gesellschaft einzugliedern, hatte ich wohl nicht erreicht, dennoch freute ich mich allmählich auf diese Reise, die mir mittlerweile wie ein richtiges Abenteuer vorkam.

Am nächsten Morgen googelte ich sofort nach Reisen zur Känguru-Insel. Mir schien es vor allem ein Ziel für Rucksacktouristen zu sein. Auf einer der ersten Seiten fand ich folgende Beschreibung eines Youthhostels, die Google nur sehr unzureichend aus dem Englischen übersetzt hatte: „Kangaroo Island Backpackers Hostel bietet preiswerte Unterkunft für alle Reisen nach Kangaroo Island. Wir sind günstig gelegen weniger als 100 Meter vom Fährhafen, die das Leben einfacher machte, wenn man zu Fuß anreisen macht ist. Sie können Ihre Unterkunft als Basis verwenden, während Sie den Rest der Insel zu erkunden, lassen Reisebussen von Penneshaw täglich oder ein Auto mieten und sehen Sie die Seite auf Ihrem eigenen Bedingungen."

Nun, das hörte sich an wie hinter'm Deich. Aber so schlimm konnte es wohl nicht werden, das kannte ich ja schon. Immerhin war die Nordsee hier nur eine knappe halbe Stunde entfernt. Nur was wollte Casimir da? Warum war sein Vater eigentlich dort stationiert gewesen? Über diesen Zeitabschnitt seiner Familiengeschichte hatte Casimir sich gestern Abend ausgeschwiegen und wegen des Bieres hatte ich es schließlich auch aus den Augen verloren. Sein Vater sollte im Ersten Weltkrieg dort gewesen sein. War diese Insel von der Lage her strategisch so wichtig? Fragen über Fragen, ich musste Casimir anrufen. Gesagt, getan – ich nahm den Telefonhörer in die Hand und wählte seine Nummer.

Als er abnahm, vernahm ich ein unmenschliches Brüllen. „Was ist denn bei dir los?", schrie ich.

„Ach, ich schaue mir gerade eine Löwendokumentation im Fernsehen an. Um es realistisch klingen zu lassen, habe ich den Apparat halt etwas lauter gedreht."

Das hörte ich – Simba war gut bei Stimme. „Vielleicht kannst du den Kram aber jetzt mal leiser drehen", grölte ich, „ich habe etwas mit dir zu bereden."

Ich hörte, wie sich das Löwengebrüll etwas in den Hintergrund zurückzog.

„Was gibt es denn?"

„Ich habe gerade mal nach der Känguru-Insel gegoogelt. Das scheint mir ein ziemlich ödes Stück Land zu sein, was wollte dein Vater eigentlich dort?"

„Ödes Stück Land? Du spinnst wohl! Es gibt dort viele Naturparks und unzählige Tierarten", empörte sich Casimir.

„Ok, ok, komm wieder runter. Was hat dein Vater denn aber dort gemacht? Ich meine, strategisch hat diese Insel im Ersten Weltkrieg doch wohl keine Bedeutung gehabt, oder?"

„Die Insel an sich hatte tatsächlich wenig Bedeutung. Mein Vater hat eher an Geheimprojekten gearbeitet – wie man Tiere zur Überlistung des Feindes einsetzen kann und so weiter."

„Zum Beispiel Brieftauben?"

„Du wirst lachen – ja. Brieftauben; Kängurus, die geheime Botschaften überbringen können; abgerichtete Greifvögel, mit deren Angriff man nicht ohne weiteres rechnet; Tiere, die resistent gegen Giftgas waren und so weiter. In seinem Tagebuch steht auch nicht alles und darüber gesprochen hat er wenig."

Ich war verblüfft, wie vielfältig doch die Beschäftigungsmöglichkeiten von und mit Tieren sein konnten. „Warum hat man diese

Dinge dann nicht bei Menschen angewandt? Die hätten doch viel eher resistent gegen Giftgas sein sollen."

„Das weiß ich eben nicht", erwiderte Casimir. „Vielleicht waren die Forschungen noch nicht weit genug vorangeschritten. Vielleicht konnten Menschen diese Dinge nicht vertragen."

Mich erinnerte das alles ziemlich an ‚Die Vögel' von Hitchcock, vor denen ich mich fürchtete, dennoch antwortete ich: „Ok, soll ich mal schauen, wie und wann wir zur Känguru-Insel fliegen können?"

„Das mach doch mal. Das klingt gut."

So tat ich es denn auch. Google war auch hier mein Freund und Helfer. Zunächst stieß ich bei der Suchanfrage auf die Flughäfen Augsburg, Karlsruhe und Stuttgart. Dass Augsburg einen Flughafen hatte, war mir nun wirklich nicht bewusst. Auch, dass man von dort aus zur Känguru-Insel fliegen können sollte, machte mich äußerst skeptisch. Ich sah auch gleich, warum. „Urlauber wollte ohne Geld von Augsburg nach München fliegen", titelte eine Tageszeitung aus der Bayrischen Provinz. Weiter hieß es „Wie ein Känguru, das mit leerem Beutel große Sprünge machen möchte." Nun gut, da hatte Google etwas missverstanden. Ich schaute mir die Känguru-Insel bei Wikipedia noch einmal genauer an und fand Casimirs Einschätzung bestätigt. Dort gab es wirklich viele Naturparks. Und es stand dort, dass Adelaide wohl eine Stadt in der Nähe dieser Insel sei. Adelaide sagte mir nun etwas und ich googelte weiter. Gut, einen Flug von Hamburg nach Adelaide mit Zwischenstopp in Singapur gab es auch. Ich rief erneut beim Löwenbändiger an.

Dieses Mal erklang ein lautes Gebell aus der Hörmuschel „Haha, Casimir, was ist das denn nun?"

„Wuff, das ist nun eine Dackeldokumentation. Ich habe allerhand DVD's aus den Niederlanden mitgebracht. Die heben die Stimmung zu manchen Zeiten erheblich."

Das glaubte ich gern – wuff. „Aber, nun hör doch mal zu. Wir fliegen von Hamburg nach Singapur, von dort nach Adelaide und von dort kommen wir am besten mit dem Boot zur Känguru-Insel."

„Alles klar. Ich werde die Sache buchen. Wollen wir nächste Woche los?"

Die Spontanität des alten Zoodirektors faszinierte mich. Verdutzt erwiderte ich nur: „Ja, warum nicht?"

Ich würde also nächste Woche mit jemandem ans andere Ende der Welt fliegen, den ich erst seit recht kurzer Zeit kannte, der mir aber vom ersten Moment an auf eine fast unheimliche Art und Weise vertraut erschien.

So kam es dann auch. Casimir buchte und bezahlte die Flüge online – zumindest dachte ich, dass es Flüge waren und nicht nur der Hin-Flug. So schlau war ich damals aber noch nicht. Das Internet war übrigens eine große Hilfe für ihn, da er sich wegen seiner Schüchternheit ja nicht aus dem Haus traute. Ein Besuch im Reisebüro? Für Casimir undenkbar! Mir ging es ähnlich. Durch mein Handicap war ich in Bezug auf meine Mobilität doch ziemlich eingeschränkt. Da ist es dann schön, wenn man die ganze Welt per Klick auf seinem Schreibtisch hat.

Kapitel 4 – Große Sprünge mit Casimir

Die nächsten Tage waren Casimir und ich mit den Reisevorbereitungen beschäftigt. Meine Eltern waren zu jener Zeit selbst zwei Wochen in der Karibik, sodass lästige Erklärungen, warum ich jetzt mit einem Mann, den ich kaum kannte, nach Australien flog, entfielen. Die Verrücktheit, die diese Reise in sich barg, musste ich mir ja erstmal selbst eingestehen. Aber das würde ich schon hinbekommen. Der Herr Löwenflüsterer packte, wie er mir berichtete, zu meinem Erstaunen sogar einen Deo-Stift mit ein. Ob er ihn benutzen würde, war damit natürlich noch nicht gesagt. Was mich dann aber noch mehr verblüffte, waren die Kleidungsstücke, die ich fand, als ich einmal über Casimirs Koffer stolperte. Der Inhalt war pelzig, flauschig und so gar nicht auf australische Hitze ausgerichtet. Oh je, das kann ja was werden, dachte ich. Aber, jetzt gab es kein Zurück mehr.

Am darauf folgenden Freitag ging es dann los. Der Flug sollte abends um 19 Uhr starten, deshalb holte mich Casimir auch schon um 15:00 Uhr ab – „Sicher ist sicher", beteuerte er.

Ich wusste nicht, ob ich mich mittlerweile an den Gestank in seinem Auto gewöhnt hatte oder ob dieser von selbst verschwunden war – auf alle Fälle konnte man richtig frei durchatmen. Trotzdem freute ich mich beim Aussteigen am Hamburger Flughafen über die frische Brise und den Duft, der entfernt an Meer, Piraten und Abenteuer erinnerte. Andere hätten den Geruch vielleicht eher mit Fastfood assoziiert.

Casimir stieg ebenfalls aus und holte unsere Koffer hinten aus dem Wagen. Ich wollte mich auf den Weg Richtung Terminal machen, da fing das Theater an! Casimir wurde so nervös, wie ich ihn noch nie erlebt hatte! Ich konnte regelrecht riechen, wie er schwitzte. Ich hörte, wie er an seinem Hemd herumrieb und eines seiner

Hosenbeine ständig hoch und runter schob. „Hm. Hm. Da sind so viele Menschen und alles wuselt durcheinander."

„Tja, so ist es nun mal an einem internationalen Verkehrsdrehkreuz. Da müssen wir jetzt durch", versuchte ich zunächst, die Situation herunterzuspielen.

Casimirs Atem ging schneller, der Schweißgeruch nahm zu. Ich war irritiert. Auf meiner Armbanduhr erfühlte ich die Zeit: etwa halb fünf. Casimir bewegte sich keinen Schritt vorwärts.

„Geht es wirklich nicht?" Ich konnte es nicht fassen.

„Hm. Ich weiß nicht, was ich machen soll", wimmerte Casimir mit weinerlicher Stimme.

Als ich seinen Arm berührte, merkte ich, wie er zitterte und bibberte. „Hey, wir sollen gleich zusammen nach Australien fliegen. Wie soll das gehen, wenn du so zittrig bist?"

„Weiß nicht", stammelte er, „im Flugzeug habe ich Plätze ganz hinten gebucht, das ist nicht so schlimm. Aber der Weg zum Flugzeug überfordert mich."

„Ok, ok", beschwichtigte ich, „wir kaufen jetzt Beruhigungsmittel und setzen uns gleich ans Gate."

„Hm. Wie sollen wir die kaufen? Ich kann mich kaum bewegen."

„Alles gut", gab ich entnervt zurück. Wie sollte ich es mit diesem Nervenbündel zum Flugzeug schaffen? Da kam mir eine Idee: „Wir rufen ein Taxi und das bringt uns erstmal die Beruhigungsmittel."

Gesagt, getan. Eine Taxi-Nummer war mir von früheren Ausflügen nach Hamburg im Gedächtnis geblieben, also zückte ich mein Handy und wählte los. Das Taxi stand scheinbar gerade um die Ecke, darum hörte ich nach wenigen Sekunden schon ein Dieselmotor. Ich bat die Fahrerin, uns Baldrian und stärkere Beruhi-

gungsmittel einzukaufen, um sie dann an das Auto auf dem Parkplatz Süd zu bringen. So geschah es dann auch eine gute halbe
Stunde später. Mittlerweile war es schon 17:25 Uhr und ich bekam
es langsam mit der Eile. Jetzt war ich froh, dass Casimir schon so
früh hatte abfahren wollen. Casimir warf die Tabletten ein und
abermals verstrich die Zeit, bis diese ihre Wirkung entfalteten.

Ich bat derweil die Taxifahrerin unter Hingabe eines 10 $-
Scheins – das Geld hatte ich schon in Dithmarschen gewechselt –
unsere Koffer Richtung Flughafengebäude zu schaffen. Ich hängte
mich an Casimirs Arm und musste an den Spruch denken ‚Wenn
ein Blinder einen Blinden leitet, werden beide in eine Grube fallen'.
Konnte das gut gehen mit uns beiden? Zwar war nur ich blind,
aber Casimir war gerade nicht minder hilflos.

Die Taxifahrerin hatte unser Gepäck ordnungsgemäß abgeliefert
und war bereits auf dem Rückweg, als ich sie abermals um Hilfe
ersuchte, um uns zum richtigen Gate zu begleiten. Eine äußerst
hilfsbereite Person – wenngleich ich sie ja auch dafür entlohnte...

Nur wenig später konnten wir endlich einchecken und noch etwas später uns in das Flugzeug begeben. Dank der Beruhigungsmittel passierten wir die Magnetschleuse weitestgehend problem-
frei. Ich durfte wegen des Schlauches in meinem Kopf und dem
Ventil, das daran angeschlossen war, nicht durch die Schranke gehen, sondern musste von den Sicherheitsbeamten selbst durchsucht werden. Dieses übernahm auch sogleich eine junge Dame.
„Hui", dachte ich. Leider hatte ich nichts Verbotenes versteckt. Als
das erledigt war, ging es weiter.

Casimir taumelte vor Müdigkeit – die Baldriantabletten hatten
ihre Wirkung nicht verfehlt - nur noch neben mir her. Dennoch
schafften wir es zu unseren Plätzen im Flugzeug. Selbiges wartete
bereits auf uns.

Als wir unsere Flughöhe endlich erreicht hatten, hörte ich Casimir spürbar durchatmen. „Woah, endlich frei."

Der alte Niederländer konnte scheinbar erst richtig entspannen, als sich die Zusammensetzung der reisenden Gruppe nicht mehr ändern konnte. Als wir bereits zwei Stunden in der Luft waren, entspannte auch ich mich und schlief – ebenso wie Casimir - ein. Als ich wieder wach wurde, hörte ich Casimir noch immer neben mir schnarchen. Ich schaute auf die Uhr; wir waren bereits sechs Stunden unterwegs. Nochmal sechs Stunden, und wir würden in Singapur landen.

Auf einmal hörte ich, wie Casimirs Atem unregelmäßig wurde und er sich auf die andere Seite wühlte. „Hey Casimir, ausgeschlafen?"

„Ja, sehr gut sogar. Ich habe geträumt, dass ich ein Vogel bin und frei – wirklich frei - überall hinfliegen kann, wo ich möchte. Das ist gar nicht anstrengend, man muss sich nur gleiten lassen."

„Ein wunderschöner Traum. Nochmal sechs Stunden und wir haben die erste Etappe geschafft."

„Oh, wie schön. Ich nehme erstmal noch eine Beruhigungstablette."

Ich konnte die Packungsbeilage nicht lesen und hoffte nur, dass er das Richtige tat. Als mir die Schachtel unter die Finger kam, konnte ich allerdings in Blindenschrift „Baldrian" darauf entziffern. Also, das war alles nicht so schlimm. Casimir warf sich die Tablette ein und schnarchte bald darauf weiter.

Um mich herum hörte ich nur Englisch und versuchte, mir die Zeit mit Lauschen zu vertreiben. Da gab es auf einmal einen Ruck! Ich hörte, wie die Mitreisenden nach den Kotztüten griffen und merkte auch sofort, warum. Es fühlte sich an, als ob ich auf einem intergalaktischen Springpferd unterwegs wäre. Von der regelmäßigen Fluggeschwindigkeit war nichts mehr zu merken. Die Ansage des Piloten verstand ich nicht, weil um mich herum alles kreischte. Nur Casimir schnarchte, und das war fast genauso laut wie das Kreischen der Passagiere.

Nach etwa 20 Minuten beruhigte sich das Flugzeug wieder; der Pilot entschuldigte sich und gab einer Gewitterfront die Schuld. Endlich wachte auch Casimir auf. „Oh, was für ein schöner Traum. Ich habe von Kängurus und fliegenden Sauriern geträumt."

„Kein Wunder", klagte ich, „wir haben gerade eine Achterbahnfahrt hinter uns. Da kann es im Beutel eines Kängurus nicht holpriger zugehen."

Einige Stunden später, die mir neben dem sedierten Casimir aber wie eine Ewigkeit vorkamen, setzte der große Vogel zur Landung an. In Singapur blieben uns drei Stunden, um in den nächsten Flieger einzuchecken.

Bei der Sicherheitskontrolle am Gate gab es jedoch unerwartete Schwierigkeiten. Die Kontrolleure störten sich an Casimirs Beruhigungsmitteln und nahmen ihn kurzerhand mit in eine abgesperrte Zone. Ich war halbwegs verzweifelt, stand ich doch jetzt gänzlich ohne fremde Hilfe auf einem vollkommen überfüllten asiatischen Flughafen. Mir schien aber, dass ich Casimirs Schreie in der Ferne hörte. Wie unangenehm muss es für diesen menschenscheuen Typen sein, vom Zoll gefilzt zu werden? Das mochte ich mir nicht ausmalen. Langsam machte ich mir zudem Sorgen, dass wir den Flug nach Adelaide nicht bekommen würden. Es war noch gut eine Stunde, bis wir fertig eingecheckt am Gate sein sollten. Ja, ich wurde richtig unruhig und hoffte, dass Casimir wirklich nichts dabei hatte, was hier in Singapur unter Verbot stand. Ein Zoodirektor im Käfig, welch Ironie?!

Endlich tippte mir jemand auf die Schulter. „Hey, your pale is clean. Good stuff what he has."

Ich war erleichtert. "Where have you got him?" fragte ich zurück.

Ich hörte ein leises Flüstern hinter mir: „Hier, hier bin ich."

Super, ich war erleichtert. Dann konnten wir unsere Reise ja fortsetzen.

„Hm! Kein Wort, das war das Schlimmste, was mir je passiert ist. Die haben mich durchsucht wie ein Tier, bevor es ausgestopft wird! Hm", stöhnte Casimir.

„Das tut mir auch leid", bedauerte ich ihn, „ich konnte ja nicht ahnen, dass die Leute hier so paranoid sind. Aber wahrscheinlich kannten sie die Mittelchen schlicht nicht."

Missmutig nahm Casimir meinen Arm und trottete neben mir her zum Gate. Nur wenig später konnten wir das Flugzeug dann schon besteigen. Dieser Flug verlief zum Glück ohne große Vorkommnisse. Casimir beruhigte sich nach einer halben Packung Baldrian wieder, und die Stewardess brachte uns leckere Sandwiches.

Von der Nahrungszufuhr beflügelt, schien mein Oberstübchen wieder einen Gang hochzuschalten. Uff, nun bist du hier mit einem durchgeknallten Typen tatsächlich auf dem Weg nach Australien, es gibt kein Zurück mehr - und du hast noch gar nicht gefragt, wie lange er den Aufenthalt eigentlich geplant hat. Ich würde vielleicht für lange Zeit meine geliebten E-Mails nicht mehr abrufen können und zu Hause wusste ja auch niemand, wo ich war. In diesem Moment hasste ich mich für so viel Naivität. Aber, es war definitiv zu spät. Ich erinnerte mich an den Spruch von Karl Valentin, den ich letztens gelesen hatte „Ich freue mich, wenn's regnet. Denn wenn ich mich nicht freue, regnet's trotzdem!" Da war viel Wahres dran, denn ändern konnte ich in dieser Situation ohnehin nichts mehr. Also wollte ich versuchen, die Sache von der lustigen Seite zu nehmen.

Als Casimir und ich in Adelaide als letzte Passagiere das Flugzeug verließen, schlug uns schon der heiße und von Abgasen getränkte Wind der Metropole ins Gesicht. „Uah, das ist ja noch schlechtere Luft als im Schweinestall", rief ich laut aus.

„Nee, im Schweinestall duftet es eher. Hier ist es ganz schlecht", korrigierte Casimir mich verdrießlich. Wo er Recht hat, hat er Recht, dachte ich.

„Hast du dich eigentlich um ein Hotel gekümmert? Heute geht wohl kein Boot mehr, oder? Wie lange möchtest du eigentlich auf der Insel bleiben? Und wie spät ist es hier überhaupt?", platzte ich heraus. Diese Fragen quälten mich nun schon eine Weile, da ich mir gut vorstellen konnte, dass Herr Zoodirektor derlei Kleinigkeiten vergessen hatte.

„Es ist jetzt 19 Uhr. Wir nächtigen erstmal im Adelaide Beach Ressort und dann geht es morgen um 10 Uhr weiter", verblüffte mich Casimir mit präzisen Angaben.

Ich war erstaunt, aber auch wirklich positiv überrascht, dass Casimir doch an derlei profane Dinge gedacht hatte. Aber eine Antwort war er mir noch schuldig geblieben: „Ach ja, und wie lange hast du unseren Aufenthalt hier geplant?"

Schweigen im Walde. „Casimir, antworte doch."

„Hm", machte er dann eine Pause, um schließlich mit dem Plan herauszurücken, „es werden wahrscheinlich etwa sieben Tage sein."

Ok, meine Eltern waren vierzehn Tage verreist. Das hieß für mich, alles würde zeitlich aufgehen und niemand – außer vielleicht Eva, Peter und Alfred – würde mich vermissen. Nach den fundierten Aussagen des Herrn van der Huett war ich ob unseres Ausfluges schon sehr viel beruhigter. Ein paar Tage ohne E-Mails könnten auch ganz entspannt sein, sagte ich mir.

Wir genehmigten uns ein Taxi, Casimir nahm – wie gewohnt – hinten Platz und ab ging es zun zum Beach Ressort. Dort angekommen, versteckte sich Casimir an der Rezeption hinter mir und lies mich diese Nacht bezahlen. Das störte mich nicht, hatte er doch schon den gesamten Flug übernommen.

Immer noch vollgepumpt mit Baldrian, schlief Casimir auf unserem Zimmer sofort ein. Ich hingegen machte mich an der Minibar zu schaffen. Der Durst war mehr als heftig. Ich hätte ein ganzes Nilpferd austrinken können. Diesen Gedanken verwarf ich jedoch sofort, da ich merkte, wie ich die Ausdrucksweise meines Begleiters Stück für Stück übernahm. Nach drei Bier und vier – ich weiß nicht, was es gewesen war – hatte ich dann auch die nötige Bettschwere, um in der gemütlichen Schlafgelegenheit auf der anderen Seite des Zimmers ebenfalls einzuschlummern.

Um 7:30 Uhr wurde ich wieder wach und hörte Casimir noch immer schnarchen. „Hey Meister, aufgewacht. Wir müssen bald rüber zur Insel und vorher wollen wir ja vielleicht noch frühstücken."

Das Schnarchgeräusch wurde für einen Moment unregelmäßig, um dann aber in noch größerer Lautstärke wieder in das regelmäßige Ratzen zu verfallen.

„Mein lieber Freund. Jetzt wird mal aufgestanden!", grölte ich.

Dieser Urschrei schien Wirkung zu hinterlassen. Das Schnarchen verstummte und Casimir wühlte sich im Bett hin und her: „Hmmm! Was schreist du denn so? Man könnte meinen, du wärest eine brünftige Kuh – ein sogenannter Brüller."

„Wir sollten so langsam in die Gänge kommen, wenn das Boot um 10 Uhr ablegt. Der Verkehr in dieser Stadt muss ja heftig sein, nach dem Geräuschpegel zu urteilen."

„Ok, ok, hm, du hast Recht."

Und mit einem Sprung war Casimir aus dem Bett und unter der Dusche „Hahaha, erster", rief er freudig aus und planschte unter der Brause herum. Das störte mich nicht, war ich doch froh, dass Casimir sich überhaupt reinigte und etwas gegen seinen Urgestank tat.

„Du hörst dich an wie ein Delfin", rief ich ins Bad.

„Ja, Delfine sind sehr schöne Tiere und intelligent dazu. Das passt also zu mir."

Du Spinner – dachte ich – wenngleich Casimirs Intellekt sicherlich keines Beweises mehr bedurfte. Nachdem der Herr van der Huett endlich der Dusche entstieg, machte ich mich rasch fertig. Das Duschgel roch richtig frisch und mir kam es so vor, als ob es auf der Haut prickelte.

Nach dieser wunderbaren Erfrischung nahmen wir ein für deutsche Verhältnisse sehr ausgiebiges Frühstück zu uns, bei dem auch Würstchen, Speck und unterschiedlichste Salate nicht fehlten.

Hinterher – es mag wohl 9 Uhr gewesen sein – leisteten wir uns erneut ein Taxi, das uns zu dem Anleger brachte, von dem aus wir kurze Zeit später starten sollten. Als wir am Anleger ankamen, tummelten sich dort – so schien es mir – bereits weitere Personen, die mit uns das Boot besteigen wollten. Ich hörte englischen Viehhändlern zu, französischen Biologen und ich vernahm sogar deutsch: „Waltraud, warum hast du nur die Bio-Kekse vergessen? Du weißt doch, dass ich die so gerne mag."

„Hermann, nun sei aber friedlich und probiere mal die neuen Vollkornknacker."

Oh, ja, natürlich ist die Känguru-Insel das perfekte Ausflugsziel für Ökotouristen, wie man sie aus Deutschland kennt. Das hätte ich ahnen können; Vollkornknacker – bäh – da esse ich lieber Hundekuchen, dachte ich.

„Hermann, in den 80ern warst du auch nicht so wählerisch, als wir im Kibbuz waren."

"Nee Waltraud, aber du weißt doch, mein Magen."

„Nun stell dich nicht so an! Und denke an die Mission – der Kommunismus lebt!"

Das war mir dann doch zu viel. „Casimir, lass uns mal ein Stück weggehen. Die ticken doch nicht ganz richtig da."

„Das scheint mir auch. Der Mann sieht schon wie ein Dackel aus und die Frau wie ein Raubvogel."

Solch ein Bild war auch vor meinem inneren Auge entstanden. Flugs wechselte ich das Thema: „Ist das Boot schon da?"

„Nein, aber, da hinten sehe ich irgendwas herannahen."

Na, dann lasse das Boot mal kommen. Jenes Boot war ein – wie mir Casimir beschrieb – kleiner Seelenverkäufer, an dem die Farbe abblätterte, und an dem einige Planken bedenklich im schwachen australischen Wind schwankten. Ich hörte zumindest irgendwas klappern. Casimir und ich nahmen natürlich etwas abseits Platz und lauschten, so gut es ging, den anderen Leuten, sowie dem langsamen Tuckern des Motors. Die Lautsprecherdurchsage des Bootsführers war dort aber nicht zu verstehen. So legte das Vehikel um exakt 10 Uhr und 2 Minuten ab und begab sich auf die einstündige Fahrt zur Känguru-Insel. Mir stieg aus Casimirs Richtung extremer Schweißgeruch in die Nase und ich musste sofort wieder daran denken, welche Kleidungsstücke ich in seinem Koffer vorgefunden hatte. Hat er jetzt etwa eine Schafswollmütze auf? ‚Entspannung, Entspannung, Entspannung', befahl ich mir.

Als etwa zehn Minuten vergangen waren, kam etwas Seegang auf – naja, etwas war untertrieben. Das Boot wackelte und klimperte schon ganz schön. Von fern hörte ich Waltraud und Hermann schimpfen. „Das ist der Südwind", schrie Waltraud.

„Nee, das ist das kapitalistische System", antwortete Hermann.

Ich dachte nur: Hm, hm, hm – die Kommunisten auf dem Vormarsch. Das war dann auch der letzte Gedanke dieser Art, denn das Boot geriet zunehmend in Schieflage und mir wurde schlecht – nicht als erster, wie ich hören konnte. „Bääääääh", erklang es von allen Seiten. Einzig neben mir hörte ich ein leises Kichern.

„Sage mal, bäh, ist dir gar nicht schlecht?", würgte ich.

Casimir kicherte weiter „Nein, mir ist nie schlecht, aber, das Schauspiel ist köstlich."

„Du Glücklicher", entrang sich mir ein Stöhnen.

Das Geschaukel dauerte noch einige Minuten an, die mir jedoch wie Stunden vorkamen. Danach lief das Boot wieder in ruhigerem Wasser.

Ich war wirklich einigermaßen froh, dass ich blind war. So musste ich mir das Elend nicht mit anschauen und mir noch mehr unappetitliche Eindrücke aufladen, die meinem Magen sicherlich nicht gutgetan hätten. Ob das Boot vor der Rückfahrt in einer Stunde noch geputzt werden würde, bezweifelte ich.

Da gab es einen riesigen Ruck. Ich hörte schon wieder die Spuckgeräusche um mich herum. Doch schon tippte mir Casimir an die Schulter. „Wir haben angelegt. Kein Grund zur Sorge." Beide wankend, ich teilweise noch immer würgend, verließen wir das Boot in Penneshaw, dem Ankunftshafen. Es war drückend heiß und der Schweiß lief – ich vermute mal – uns allen von der Stirn.

Als wir das Boot verlassen hatten, hörte ich schon den Sand unter meinen Schuhen knirschen. Ich war froh, dass der Untergrund wieder fest war. Wahrscheinlich tatsächlich ein ödes Land hier mit vereinzelten Tieren, dachte ich. Da merkte ich, dass uns eine Gruppe von vielleicht fünf Personen entgegenkam: „Welcome to Penneshaw. We are happy to have you as interested visitors on our beauty island."

"Ah, das sind die Leute von der Jugendherberge, das sieht man gleich an ihren bedruckten Polo-Shirts!", flüsterte Casimir mir ins Ohr. „Die Herberge liegt gleich um die Ecke. Ich habe sie für uns gebucht."

Naja, freundlich sind sie hier ja, ging es mir durch den Kopf. So stapfte ich an der Seite Casimirs weiter in Richtung Jugendherberge oder – wie man hier sagte – Youthhostel.

Auf dem kurzen Weg merkte ich schon, dass ich mit meiner Einschätzung total daneben lag – kein ödes Land hier mit vereinzelten Tieren, nein, die Känguru-Insel schien ein ganz besonderer Ort zu sein. Überall schnatterte, mähte und krächzte es um uns herum. Nun ist Dithmarschen vergleichsweise auch eine sehr naturbelassene Gegend, aber hier erlebte ich das erste Mal die Natur aus allererster Hand – so zumindest mein Eindruck.

Hierzu passte dann auch die Behausung. Als wir das Youthhostel betraten, knarrten die Dielenbretter unter mir, als ob man eine alte Fischerhütte betreten würde. So ähnlich roch es auch in dieser Bude. Dieser auf den ersten Blick negativ erscheinende Eindruck wurde aber sogleich mit einem erfrischenden Willkommensgruß in Form eines halben Liter Bieres getilgt. Bier als Willkommensgruß in einer Jugendherberge – hehe – das hatte schon etwas für sich, aber es gefiel mir außerordentlich. Das war doch wirklich etwas Anderes als der Kamillentee in den deutschen Jugendherbergen. Zudem hatte dieses Bier seinen Namen auch verdient und übertraf das Casimir'sche Heineken um Längen. Alles war gut! Ich fühlte mich richtig wohl, und am tiefen Rülpser Casimirs, der etwa einen Meter neben mir an der Theke stand, merkte ich, dass es ihm ähnlich ging. Es folgten noch vier weitere Halbe Liter, bevor ich merkte, dass Bier, Jetlag, langer Flug und die horrende Bootsfahrt ihren Tribut zollten: Ich war hundemüde! Dabei war gerade erst Mittag vorbei! Casimir hingegen – die meiste Zeit des Fluges von Beruhigungsmitteln betäubt und mit aufgeladenen Kraftreserven – lebte scheinbar auf. Dieses äußerte sich nicht etwa durch Geselligkeit, sondern durch das leise Vor-sich-hin-Imitieren von Tierstimmen. Das hatte ich noch nie bei ihm gehört. „Hey Casimir. Alles gut?"

„Wuff, ja, ich fühle mich hier richtig wohl. Es ist eindeutig eine Insel der Tiere und nicht der Menschen."

Ein paar Meter weiter hörte ich Hermann zu Waltraud sagen: „Wusstest du, dass Australien der giftigste Kontinent auf der Welt ist?"

„Große Leistung", antwortete Waltraud genervt, „so viele Kontinente gibt es ja nun auch nicht auf der Welt."

Eigentlich dauert es lange, bis man bei mir in Ungnade gefallen ist; bei den nervigen Gestalten Hermann und Waltraud würde es vermutlich aber schneller gehen. Gleichzeitig dachte ich, dass die beiden dann hier genau richtig waren, wenn es der giftigste Kontinent der Welt war. Casimir schien auch die Flucht ergreifen zu wollen: „Komm, lass uns schlafen gehen, morgen ist ein harter Tag."

Ich wusste zwar nicht, was er meinte – da ich in seine Reiseplanung nicht eingeweiht war – allerdings war mir das Bier auch zu Kopf und vor allem in die Blase gestiegen, sodass ich ihm folgte. Eine Mittagsstunde würde jetzt gut tun. Wir schliefen schnell ein...

Kapitel 5 – Wir finden dich

Ich erwachte und stellte fest, dass es schon fünf Uhr war. Hatten wir statt einer Mittagsstunde gleich bis zum Abend geschlafen? Ich wollte mich schon bei meinem Partner beschweren, dass er mich nicht geweckt hatte, denn ich hörte ihn murmeln: „Das Labor meines Vaters, wo könnte es sein? Wo und vor allem wie hat er all diese Sachen gemischt?"

„Hey, Casimir, was redest du denn?"

Ich bekam nur ein Schnarchen als Antwort. Er war gar nicht wach; er hatte im Schlaf gesprochen! Und sein Monolog war scheinbar beendet. Ich setzte mich im Bett auf und überlegte, was wir zu Abend essen würden; mein Magen knurrte, als hätte ich seit Stunden nichts zu mir genommen. Den Rest Bier könnte ich mal wegbringen, dachte ich und tastete mich vor, bis ich die Toilettentür fand.

Als ich ins Zimmer zurückkehrte, wachte Casimir dann aber tatsächlich auf. „Unser Mittagsschlaf ist wohl etwas länger ausgefallen, es ist schon 17 Uhr!", begrüßte ich ihn.

Seine Antwort enthüllte allerdings Entsetzliches. Mit einem Gähnen eröffnete er mir: „Leider nein, Carsten, es ist 5 Uhr morgens!"

„Waaaas???"

Von wegen Mittagsstunde, den ganzen restlichen Tag hatten wir verpennt! Aber die Zeitverschiebung, das von außen hineindringende, wohlklingende Zwitschern der Vögel und die ungewohnten Temperaturen mochten so etwas wohl erklären. Unwillkürlich musste ich an die flauschigen Sachen in Casimirs Koffer denken, die eher für einen Skiausflug geeignet schienen. Hatte er wirklich vor, dieses Fellzeugs zu tragen oder war er tatsächlich schon damit herumgelaufen? Als ich mich tags zuvor an Casimirs Arm gehängt hatte, damit er mich führen konnte, hatte er ein kurzärmliches T-Shirt getragen, also den Temperaturen angemessen. Das schloss aber nicht aus, dass er eine Fellmütze aufgehabt hatte.

Er unterbrach meine Fantasien und verlangte nach Flüssigkeit.

„Na, was ist das denn? Ein großer Brausebrand beim Zoodirektor?", zog ich ihn auf.

„Nee, aber die Hitze macht mir zu schaffen."

Das stimmte, es war unerträglich heiß, und das, obwohl es noch so früh am Tag war. Zwar litten wir nicht mehr unter dem Smog aus Adelaide, aber dafür war es hier bei Weitem staubiger und feuchter.

„Meister, ich hab letztens Wollsachen in deinem Koffer gefunden. Die hattest du jetzt nicht wirklich an, oder?", wollte ich mir nun doch Gewissheit verschaffen.

„Das ist nur meine flauschige Wollmütze, die ich mir bei Bedarf über den Kopf ziehen könnte. Sie hat Sehschlitze", rechtfertigte sich Casimir schmollend.

„Mein lieber Freund", erwiderte ich mit ernster Stimme, „wenn du hier halbwegs gesund rauskommen möchtest, setzt du das Teil ab. Und du verwendest das auf keinen Fall, solange wir hier sind! Du dehydrierst mir doch vollkommen!"

„Du hast ja Recht. Ich werde mich einfach ducken, wenn mir Begegnungen zu unangenehm sind", gab Casimir kleinlaut nach.

Das wäre wohl auf alle Fälle besser. Und nachdem diese wichtige Angelegenheit nun geklärt war, meldete sich eine weitere, dringende Sache: mein ausgehungerter Magen: „Lass uns frühstücken, Casimir!"

Oh nein, von draußen hörte ich die schrille Stimme von Waltraud und beschloss, dass es jetzt höchste Zeit war, dieses Zimmer zu verlassen. „Herman, es gibt hier keine Currywurst. Und außerdem sollst du sowieso gesünder essen. Was ist aus dem alternativen Hardliner geworden, den ich vor 35 Jahren geheiratet habe?"

„Waltraud, mir ist heiß, ich bin hungrig und Verstopfung habe ich auch."

Das reichte! „Casimir, lass uns sehen, ob wir woanders Frühstück bekommen. Ich sterbe vor Hunger" Casimir stimmte mir zu und so verließen wir hungrig, Casimir allerdings vor allem durstig, die Jugendherberge.

Nicht weit entfernt von dieser Behausung schien sich eine Bushaltestelle zu befinden, und ich hörte einige Leute darüber sprechen, dass man mit dem Bus gut zum Hauptort der Insel, nach Kingscote, gelangen konnte. Als ich Casimir darauf ansprach, röchelte er nur leicht. Ich versuchte, ihn in die ungefähre Richtung der Bushaltestelle zu ziehen und er kam bereitwillig mit. Kurze Zeit später bestiegen wir dann auch einen Bus, der ähnlich klapprig zu sein schien wie das Boot, mit dem wir auf die Insel gelangt waren. Hier konnte ich jedoch wenigstens die Lautsprecherdurchsage verstehen und war sehr beruhigt, als diese uns eine baldige Ankunft in Kingscote in Aussicht stellte.

Eine Viertelstunde später war es dann auch soweit. Der stickige, heiße Bus stoppte und wir, sowie vielleicht zehn Mitreisende, verließen die Klapperkiste. Ich fühlte mich erleichtert, als ich beim

Ausstieg merkte, dass die Wege hier befestigt und allem Anschein nach sogar geteert waren.

„So, und nu?", fragte mich Casimir.

„Jetzt werden wir uns erstmal Frühstück besorgen." Unschüchtern wie ich für gewöhnlich war, fragte ich auch sogleich den nächststehenden Passanten, wo man hier gut frühstücken konnte. Er verwies uns sogleich auf ein Bed and breakfast, vielleicht dreihundert Meter von der Bushaltestelle entfernt.

Als wir dort ankamen, machte ich mir bereits Sorgen um meinen Begleiter, der im Schlaf gesprochen hatte und über großen Durst klagte. Er hatte kaum gesprochen, seit wir das Youthhostel verlassen hatten, und aus seinem Mund drangen zunehmend allenfalls halbmenschliche Laute. Dennoch führte er mich an einen Tisch, auf dem scheinbar bereits ein Frühstücksbuffet aufgebaut war. Und auch eine Kanne Kaffee musste dort stehen - zu diesem Schluss kam ich, da ich hörte, wie Casimir eine Kanne öffnete und den Kaffee – so schien es mir – in einem Zug inhalierte. „Ist der Kaffee nicht zu heiß?"

Da hörte ich den Zoodirektor schon aufstöhnen: „Ahhhh, Milch, ich brauche Milch."

„Hey, is here anyone who can give us milk", rief ich in die Runde. Angelockt von der jämmerlichen Gestalt Casimirs, wie sie sich heute Morgen der Weltöffentlichkeit präsentierte, stürzte gleich jemand auf uns zu und brachte Casimir eine große Kanne – ich vermute tatsächlich Milch. Diese schien er dann auch in einem Zug geleert zu haben, so hörte es sich jedenfalls an. Milch machte auch hier müde Männer munter, so auch Casimir.

„Nun ist besser", atmete Casimir auf und auch mir war wieder wohler. Wir nahmen ein wunderbares Frühstück ein, mit Unmengen von Honig und einer Wurst, die sehr gut schmeckte, von der ich die Herkunft aber nicht kennen wollte. Sie erinnerte mich nämlich an nichts, was ich bisher gegessen hatte.

Beim Essen fragte ich Casimir nach seinem Traum und dem Monolog, den er heute Morgen vorgetragen hatte. „Nee, weiß ich nicht", antwortete er ausweichend.

Ich ließ nicht locker: „Es ging um irgendwelche Mittel, die dein Vater gemischt hat?"

Casimir druckste verlegen herum: „Hm, Carsten, ich muss dir etwas erzählen. Unser Ausflug auf die Känguru-Insel ist nicht ganz zufällig."

„Aha, wie darf ich das verstehen?"

„Hm, du weißt doch, dass ich Zoodirektor war und jetzt pensioniert bin."

„Ist mir bekannt."

„Hm", Casimir machte eine Pause.

Ich wurde ungeduldig: „Ja, nun lass dir doch nicht alles aus der Nase ziehen!"

„Ja, weißt du, in den Niederlanden hatte ich mich nicht mehr wohlgefühlt. Irgendwie war alles so eingefahren und dekadent."

„…darum bist du nach Albersdorf gekommen", setzte ich die Geschichte fort.

„Genau – und die Bekanntschaft mit dir lässt es auch wirklich lohnend erscheinen. Aber …" er stotterte und suchte nach Worten, „ich brauche eine Aufgabe … meine Arbeit fehlt mir unheimlich… und dann ein Leben ohne diese Tiere, die ich jeden Tag gesehen habe… gerade das fehlt mir so sehr! Und – weil die Mittelchen, die mein Vater hier…", wieder suchte er nach Worten.

„Du dachtest dir, dass deine neue Aufgabe darin bestehen könnte, die Mittelchen deines Vaters hier wiederzuentdecken, um sie in Europa einzuführen?", versuchte ich seine Gedanken zu erraten.

„Hm, genau", gab Casimir kleinlaut zu. Nach einer Pause ergänzte er: „Es wurde wirklich eintönig in Albersdorf. Vor allem, als ich nicht einmal mehr Nikita-Denise als Gesellschaft hatte. Ich hatte mir die Zeit damit vertrieben, die Tagebücher meines Vaters zu studieren. Aber was seine Forschungen angeht, war er dort nicht besonders mitteilungsfreudig. Da ich also nicht genau weiß, wie es um seine Forschungsergebnisse bestellt ist, dachte ich, dass ich die Forschungen vielleicht sogar fortführen könnte..."

Ich schwieg. Darüber musste ich eine Weile nachdenken. Mitten in unsere Gedankenpause platzte eine Frauenstimme. „Could you please go aside. I have to clean the floor. You spilled on it."

Oh Mann, hatte Casimir den heißen Kaffee nicht nur nicht vertragen, sondern gleich wieder ausgespuckt? Ich wollte es nicht wissen. So gingen wir beide nicht nur beiseite, sondern gleich weiter zum Tresen und bezahlten unser Frühstück.

Auf dem Weg nach draußen griff ich das Thema wieder auf.

„Man müsste sehen, ob die Medikamente und Mittelchen, die dein Vater entwickelt hat, heute überhaupt noch zulassungsfähig wären und wie man sie gegebenenfalls gut vermarkten könnte." In Gedanken wiederholte ich, was ich in den Marketing-Vorlesungen gelernt hatte. Doch jäh wurde mein Nachsinnen unterbrochen. Ich vernahm diese Stimmen, denen wir doch schon seit dem frühen Morgen zu entkommen suchten! „Waltraud, hier könnte es etwas Leckeres zum Essen geben." „Hermann, bis zur Honigfarm sind es nur noch drei Kilometer. Die schaffst du jetzt auch noch, ohne zu jammern."

„Immer diese Althippies", kommentierte Casimir das erneute Auftauchen von Waltraud und Hermann, das ihn nicht ganz so unvorbereitet getroffen hatte wie mich, der nicht durch die Augen gewarnt werden konnte. Waltraud hatte eine Honigfarm erwähnt – dass die Känguru-Insel für ihren Honig bekannt war, hatte ich bereits vor unserer Abreise bei Wikipedia recherchiert und durch das Frühstück unter Beweis gestellt bekommen. Wenn wir nicht eine Mission zu erfüllen gehabt hätten, wäre mir eine Besichtigung derselben sehr recht gewesen. Schade! Andererseits konnte ich auch gut und gerne darauf verzichten, diese Begehung zeitgleich mit dieser Hexe und ihrem weinerlichen und dauer-hungrigen Ehemann, deren Stimmen sich entfernt hatten, vorzunehmen.

„Ja, sage mal, weißt du denn, wo dein Vater hier stationiert war?", griff ich also unser altes Thema wieder auf, „wo sollen wir suchen?"

„Genau weiß ich es nicht. Es müsste aber hier irgendwo in Kingscote gewesen sein."

Ich wollte die Sache jetzt mal ganz logisch und rational angehen. „Für welche Organisation hat er denn gearbeitet? Wo sollen wir anfangen? Wie hieß denn dein Vater überhaupt?"

„Mein Vater hieß Herbert van der Huett."

„Das ist ja schon einmal ein Anfang. Falls es hier irgendwelche Archive gibt, können wir dort stöbern. Bloß welche Archive.....???"

„Nein, Archive werden uns sicher nicht helfen. Seine Arbeit war doch geheim und wurde deshalb sehr wahrscheinlich nicht dokumentiert", erwiderte mein verrückter Begleiter.

Wo er Recht hat, hat er Recht. Das konnte man nicht anders sagen. Aber nun standen wir da, irgendwo vor einem Bed and Breakfast in Kingscote am anderen Ende der Welt und schauten dumm aus der Wäsche. Ich verspannte innerlich, wie immer, wenn ich sauer wurde und keinen schnellen Ausweg fand. Wie konnte man nur so blöd sein?! Dass Casimir diese Reise nicht nur unternommen hatte, um die Stube zu besichtigen, in der sein Vater vor über 90 Jahren gesessen hatte, hätte mir eigentlich schon längst klar sein müssen. Aber ich war eben nicht darüber gefallen. Das Gehirn hat ja schließlich noch andere Aufgaben, als nur nachzudenken. Und zuhause war alles so schnell gegangen… „Du willst also damit sagen, dass du uns hier um die ganze Welt schiffst, obwohl du noch keinen Plan hast, wie du an die Forschungen deines Vaters herankommst? Wäre es nicht vielleicht sinnvoller gewesen, das Militär in den Niederlanden zu befragen? Was hast du dir dabei gedacht?" So harsch hatte ich Casimir noch nie ausgezählt. Aber ich war wirklich sauer!

Casimir wurde weinerlich: „Du musst verstehen: Du wolltest doch verreisen! Das war deine Idee gewesen. Ich hatte ja schon lange die Idee, dort hinzufahren, wo mein Vater stationiert war…"

Einen heulenden Casimir konnte ich nun gar nicht gebrauchen, das machte mich nur noch aggressiver! „Ok, ok, lässt sich jetzt ja doch nicht mehr ändern." Ärgerlich beendete ich die Diskussion und dachte nach, dachte darüber nach, wie wir von hier aus – wo es wahrscheinlich noch nicht einmal Internet gab – an die Forschungsergebnisse von Herbert van der Huett kommen sollten. Von Casimir war nur ein leises Brummen und Gurren zu vernehmen; er war bereits wieder in seine Tier-Imitations-Stimmung verfallen: „Grrr, grrrr! Grrrrrr!"

„Vielleicht sollten wir erst einmal zum Bürgermeister gehen", schlug ich vor. „Der müsste doch wissen, ob und gegebenenfalls, wo es hier ein Archiv gibt."

„Ja, das machen wir. Gute Idee", pflichtete Casimir mir bei. Seine Stimme klang gleich viel heller.

Ich dachte laut weiter: „Nur, wer ist der Bürgermeister hier?"

„Hm, weiß nicht."

Wie sehr ich dieses „Hm" heute an Casimir schon zu hassen gelernt hatte! „Wenn hier einer hm sagt, dann bin ich das", schnauzte ich ihn an.

„Lass uns doch in dieser Frühstücksbude fragen", hatte Casimir ausnahmsweise eine brauchbare Idee.

„Gut, machen wir. Endlich mal eine zielgerichtete Aussage!" Wir kehrten also zurück in das Bed and Breakfast.

Am Tresen stehend, mussten wir noch einen Moment warten, bis jemand Zeit für uns hatte. Dann wandte sich uns, der Stimme nach zu urteilen, eine jüngere Dame zu und fragte höflich, wie sie uns denn helfen könne. „We would like to meet the mayor of this town", brachte ich unser Anliegen in meinem besten Englisch vor.

„Oh, the mayor is James Mongee. He is the biggest honeyfarmer in this area. His farm is about two kilometers away from here", gab uns die junge Dame zur Antwort.

"How do we get there?"

"Oh, it is just straight forward when you pass the main road. You just have to follow it until you see a big farming house."

"Ok, then my pale has to take care."

Wir verabschiedeten uns und starteten also den soeben beschriebenen Weg zum Bürgermeister dieser kleinen Gemeinde, die aber gleichzeitig Verwaltungssitz der Känguruinsel war.

Das zweite, was mir neben der Planlosigkeit von Casimir die Stimmung belastete, war das Klima: Die Hitze drückte, die Luft brannte und der Marsch war ziemlich strapaziös, obgleich die Straße wirklich von guter Beschaffenheit war. Sie war geteert und verriet nur alle paar Meter durch ein herzhaftes Knirschen, dass es hier eine Menge Sand gab. Selbst die Tierwelt schien in der beginnenden Mittagshitze Siesta zu halten; es war auffallend leise um uns herum. Nicht einmal Casimir untermalte die Stille mit Tierlauten.

Umso mehr fuhr mir der Schreck in die Glieder, als Casimir nach etwa zwanzig Minuten monotonen Fußmarsches freudig aufschrie: „Da scheint mir das Bürgermeisterhaus zu stehen – ein großes Bauernhaus mit Bienenkästen links und rechts davon."

Oh, wie schön, dachte ich, dann kommen wir ja vielleicht etwas weiter mit der Suche nach dem wissenschaftlichen Vermächtnis des Alten van der Huett.

Als wir gerade auf das Farmerhaus zugingen, hörte ich, wie sich eine Tür öffnete. Casimir bestätigte dies, indem er mir zuflüsterte: „Oh, das ist er wohl, der Bürgermeister. Es ist ein großer, braungebrannter Mann mit Sonnenhut!"

Dann spürte ich, wie Casimir sich wieder hinter meinem Rücken versteckte – seine Schüchternheit schlug wieder zu! Na prima, ich musste also wieder an die Front! „Hi, we are looking for Mr. Mongee."

„That's me", antwortete der Bienenkönig und fügte hinzu: „How can I help you?"

Als ich gerade zu einer Antwort ansetzen wollte, unterbrach er mich: „Oh, just a moment, please. I have to get my guests out of the honey-factory. One of the guys is very hungry."

Ich ahnte, was jetzt kommen musste, wollte es aber nicht wahrhaben – doch meine schlimmsten Vermutungen bestätigten sich, als ich Sekunden später die mir inzwischen leider allzu bekannte Stimme von Waltraud vernahm: „Hermann, der Bürgermeister wollte uns seine Fabrik zeigen, er hat uns nicht zum Essen eingeladen."

Nun gebt dem armen Hermann doch was zum Essen, dachte ich. Mensch, was muss der aushalten? Der arme Mann muss in einem früheren Leben sehr böse gewesen sein, dass er diese Frau verdient.

„Oh, you can have some food, but not the whole basket", hörte ich den Bürgermeister schimpfen, während der sich bemühte, seinen Honig vor den gierigen Händen von Hermann zu schützen. Da

Waltraud sich anhaltend weigerte, den Honig käuflich zu erwerben, verlor er die Geduld und setzte das Ehepaar energisch vor die Tür, pardon, vor die Gartenpforte.

Etwa fünf Minuten später, während derer ich nichts mehr von Hermann und Waltraud hörte, kam Mr. Mongee zu uns zurück. „Ok, guys, how can I help you?"

Casimir verschwand zunehmend hinter meinem Rücken. „So, Meister, nun komm mal ans Licht. Es geht hier um deinen Vater!", forderte ich ihn auf und erklärte, an den Vater von Stadt und Bienen gewandt: „He is very shy, you know."

Casimir machte keine Anstalten, die Gesprächsführung zu übernehmen. So blieb mir nichts anderes übrig als die Konversation selbst zu bestreiten:„My pale is looking for traces of his father. His father was here during the first world war as a scientist."

"First world war?", fragte Mongee verwundert, "you are kidding me."

"Not at all", widersprach ich.

"So, what kind of scientist was he?", versuchte der Bürgermeister zu helfen.

Ich antwortete, der Alte van der Huett sei Biologe gewesen und berichtete Mongee auch ansonsten noch einiges über uns und unsere Absichten. So richtig warm wurde er mit dieser Geschichte wohl nicht, gleichwohl wies er uns den Weg zu einem Kirchenbüro, dem wohl ältesten Archiv auf der Insel, in das auch Dokumente aus anderen Fachrichtungen eingestellt wurden. Also doch Archiv, dachte ich. Viel Hoffnung, dass wir dort etwas finden würden, zumal die Forschungen ja geheim waren, hatte ich zwar nicht, dennoch machten Casimir und ich uns auf den Weg zum Kirchenarchiv.

Beim Kirchenbüro angekommen, schilderten wir der Sekretärin unser Anliegen. Sie muss wohl ziemlich verdutzt aus der Wäsche geguckt haben, zumindest ihrem Tonfall nach zu urteilen. Nichtsdestotrotz schloss sie uns die Tür zu einem der hinteren Räume auf.

Wir traten ein und mit ehrfürchtiger Stimme wisperte Casimir „Wahnsinn, in den Regalen müssen wohl mehr als 500 Aktenordner stehen!"

„Wie sollen wir das denn bewältigen?", fragte ich meinen Begleiter.

Doch das einzige, was ich vernahm, war Casimirs Schritt, der sich entfernte und an den Wänden widerhallte. Er hatte sich schon auf den Weg gemacht, die Regale zu untersuchen. Klar – in diesem Raum waren keine anderen Menschen, so dass er wieder ganz normal und ungehindert von seiner nervigen Schüchternheit agieren konnte. Dafür fühlte ich mich in diesem Moment ziemlich verloren. Sollte ich jetzt stundenlang hier herumstehen?

Auf einmal war Casimir wieder an meiner Seite. „Es ist grandios, Carsten!", schwärmte er, „hier ist ein Ordner mit dem Aufdruck ‚Militär'. Da werden gewiss Aufzeichnungen meines Vaters drin sein."

„Weißt du denn eigentlich, wie viel er aufgeschrieben hat?", wollte ich wissen.

„Nein, keine Ahnung. Aber Wissenschaftler dokumentieren doch die Dinge, auf die sie stolz sind, oder?"

Damals zählte ich mich noch nicht zu den Wissenschaftlern, pflichtete Casimir aber bei. Die Frage, die sich mir insgeheim stellte, war allerdings: War sein Vater wirklich stolz auf diese Dinge? Wenn er im Kriegsdienst stand, handelte er wohl eher aus Zwang denn aus wissenschaftlichem Eifer.

Casimir schlug das Buch mit dem Aufdruck ‚Militär' auf und brummte die Überschriften vor sich hin. „Offense, fallen ones, hunting the cangaroo, desert storm, medical experiments…" Er

hopste wie eine Wüstenspringmaus: "Das ist genau die Über-
schrift, die ich gesucht hatte!"

Bevor ich mich weiter mit Casimir darüber auseinandersetzen
konnte, was genau er denn gefunden hatte, war er offenbar schon
in die Lektüre des Textes vertieft. Ich seufzte. Da vernahm ich
rechts von mir die Stimme der Sekretärin. Sie hatte wohl sehen

wollen, ob wir zurechtkamen, und bot mir nun barmherzigerweise einen Stuhl an. Das war mir nur recht.

Die Luft in diesem Archiv war knochentrocken. Gepaart mit der von draußen hereinströmenden Hitze war es kaum auszuhalten. Ich schwitzte tierisch. Von meinem eigenen Schweiß hatte ich schon einen richtig salzigen Geschmack auf der Zunge. Ich brütete dumpf vor mich hin, wagte aber auch nicht, Casimir zu unterbrechen.

Ich vernahm lediglich das Geraschel, wenn Casimir die Seiten umschlug. Dann und wann schien er sich an den Regalen zu schaffen zu machen, ein weiteres Buch herauszuziehen und weiter zu lesen. Mich schien er völlig vergessen zu haben. Es war unglaublich nervig, dass ich ihm nicht helfen konnte und zur Untätigkeit verdammt, auf diesem Stuhl ausharren musste. Mein Kinn sackte mir auf die Brust…

Ich schreckte hoch, als Casimir mich weckte. An seinem Tonfall merkte ich gleich, dass etwas nicht stimmt: „Hier steht nichts, aber auch gar nichts von meinem Vater. Es geht vielmehr um Experimente an Kriegsgefangenen im Zweiten Weltkrieg und vieles Schlimmes mehr."

„Oh nein, davon will ich gar nichts hören" gab ich Casimir zu verstehen.

„Und ich, ich will nichts davon lesen", schniefte Casimir.

Nach dieser Enttäuschung verließen wir das Archiv. Casimir geleitete mich Richtung Ausgang, um beim Anblick der Sekretärin wieder im Hintergrund zu verschwinden. Ich berichtete von unserem Misserfolg; sie hatte allerdings auch keine Idee, wo man derart spezielle Dokumente finden könnte.

Was also mit dem angebrochenen und bisher erfolglosen Tag machen? Mein Bauch diktierte die Fortsetzung, denn ich spürte, dass ich einen Bärenhunger hatte. Casimir krallte sich wegen der Menschen, die sich in Kingscote tummelten, an meinem Arm fest;

immerhin war er aber in der Lage, einen Stand auszuspähen, an dem man etwas Essbares kaufen konnte. Er gönnte sich ein schönes Stück Fisch – ich glaube, es war Hai, Delfin oder irgendetwas ähnlich Seltsames. Ich, der keinen Fisch vertrug, wählte stattdessen eine schöne Bratwurst, von der ich aber auch nicht wusste, woraus sie bestand.

Kurz bevor Casimir das Einwickelpapier seines Fisches wegwarf, merkte er auf: „Hier steht was auf dem Papier." Es war wohl irgendeine Zeitung aus Adelaide, in die der Fisch verpackt war. Aber es war nicht nur Casimirs Stimme, die ich in diesem Moment wahrnahm:

„Guck mal, Waltraud. Die Jungs da haben auch was Ordentliches zum Essen. Bratwurst! Es gibt hier also doch was", klang Hermanns sehnsuchtsvolle – nein zutiefst verzweifelte - Stimme an mein Ohr. Oh, der arme Hermann, dachte ich und erschrak gleichzeitig darüber, wie oft wir diesem Pärchen begegneten. Ob das mit rechten Dingen zuging?

Als der Schreck verflogen war, lauschte ich, was Casimir vortrug: „Also, hier steht, dass es in Adelaide ein Veterinärzentrum gibt, in dem auch Unterlagen vom Militär lagern sollen. Momentan gibt es dort eine Ausstellung. Das wäre doch etwas, oder?"

„Möglich – diese Kombination klingt zumindest exotisch. Wie lange ist die Ausstellung denn noch geöffnet?"

„Die gesamte Woche", las Casimir ab, und seine Stimme klang euphorisch.

Damit stand nun also die nächste Etappe unserer Reise fest. Schritt für Schritt würden wir uns vortasten und das Geheimnis um die Forschungen von Herbert van der Huett lüften! Allerdings gab ich zu bedenken: „Das nächste Boot geht erst morgen. Wir müssen noch eine Nacht auf der Känguru-Insel bleiben."

„Gut, gut, vielleicht gibt es hier ja einen netten Pub."

Wie gesagt, so auch getan; Casimir und ich verlustierten uns im einzigen Pub von Kingscote. Es floss das Bier, es floss das – ich nahm mir vor, Casimir zu fragen, was es war – es schmeckten die Snacks, und die Nacht war lauwarm.

Casimir hielt sich selbstverständlich zumeist in den Ecken und Nischen des Gastraums auf, ohne viel Kontakt zu anderen Mitmenschen aufzunehmen. Ich hingegen zechte, was das Zeug hielt. Ich trank Whisky mit Joe, einem Biologiestudenten aus den USA,

und stieß mit Laury an – einer Dame, die wohl früher einmal ein Mann gewesen sein musste. So viel rauchen und trinken konnte man als Frau wohl nicht, um die Stimme derart tief zu bekommen. Wie dem auch sei.

Gegen 2 Uhr machten Casimir und ich uns dann auf den Weg zurück zur Jugendherberge. Ich wankte und war froh, dass Casimir mich am Arm stützte. Schon seltsam, wie oft er mich bereits in betrunkenem Zustand erlebt hatte. Diesmal sang ich lauthals Trinklieder und Casimir schwieg.

Der Promillespiegel garantierte jedenfalls, dass ich wie ein Murmeltier schlafen und mich auch von Casimirs Schnarchen nicht stören lassen würde.

Kapitel 6 – Ernüchternde Ergebnisse

Am nächsten Morgen kamen wir entsprechend spät aus den Federn und frühstückten – glücklicherweise ungestört - im Youthhostel. Ich war erstaunt, dass es mir körperlich gar nicht so schlecht ging trotz der halb durchzechten Nacht! Der Pub hatte offenbar qualitativ hochwertiges Bier ausgeschenkt! Der Abend hatte sich wirklich gelohnt; das würde ich zu den schönen Erinnerungen dieses Abenteuerurlaubs zählen! Anschließend packten wir schnell unsere Sachen zusammen, um das Boot um 12:30 Uhr zu erwischen. Entweder lag es am Restalkohol oder ich hörte eine Fata Morgana – falls so etwas möglich ist. Auf alle Fälle schien es mir, als ob Waltraud und Hermann auch jetzt wieder mit an Bord waren. Ich schob diesen Eindruck aber lieber auf den erhöhten Promillespiegel in meinem Blut, weil es ansonsten zu merkwürdig gewesen wäre. Die Rückfahrt verlief auch sehr viel ruhiger als die Hin-Tour; kein Lüftchen wehte und die See war äußerst glatt. Man konnte die 50 Minuten Fahrt richtig genießen.

In Adelaide angekommen, nahmen Casimir und ich uns wieder ein Taxi und fuhren damit zum Animal medication center. Casimir berichtete mir, dass dieses Haus an einer breiten, teilweise von Bäumen gesäumten Straße lag, mit eine Reihe Parkplätze direkt vor der Tür, so dass der Taxifahrer direkt dort halten konnte. Das Gebäude selbst war sauber und gepflegt, gelb verputzte Wände und ein graues Dach. Über den Säulen am Eingang prangte das blaue Wappen der Klinik.

Durch zwei Säulen gelangten wir hinein und begaben uns an die Rezeption; dort erkundigten wir uns nach der angekündigten Ausstellung und erfragten, ob es zutreffend sei, dass in den hiesigen Archiven auch militärische Unterlagen lagern sollten. Die Dame am Empfang nahm uns freundlich auf und wies uns sogleich den Weg. Nur einige wenige der militärischen Unterlagen wurden in der Ausstellung dargeboten. Überhaupt schien die Präsentation nicht besonders großen Anklang zu finden. Ich machte anhand der wenigen Stimmen und leisen Fußtritten nur wenige Besucher in den gefliesten Hallen aus. Gut für Casimir, der sich wenigstens frei bewegte und nicht die ganze Zeit hinter meinem Rücken herumkroch oder an meinem Ärmel klebte.

Wieder fühlte ich mich zur Nutzlosigkeit verdammt, denn an den Stellwänden und bei den Glaskästen mit den Exponaten war ich Casimir keine große Hilfe. Er bemühte sich, mir die kuriosesten Ausstellungsstücke zu beschreiben. Nach einer Weile war jedoch klar, dass wir auch hier nicht fündig werden würden. Scheinbar waren die Forschungen vom edlen Herbert van der Huett nicht so spektakulär, dass sie den Weg in die Ausstellung gefunden hatten – wenn überhaupt etwas in dem Archiv gewesen sein sollte. Es führte kein Weg daran vorbei, wir mussten uns selbst ins Archiv bemühen.

Wir kehrten an die Rezeption zurück und ich bat um Einlass in den Archivraum. Zu meinem Erstaunen wurde uns auch hier Eingang gewährt – ich hatte mir das sehr viel komplizierter vorgestellt. Vielleicht lag es daran, dass ich es als Deutscher gewohnt war, dass man für alles Formulare ausfüllen und Genehmigungen erwirken musste. Sang doch schon der Liedermacher Reinhard Mey damals von dem ‚Antrag auf Erteilung eines Antragsformulars, zur Bestätigung der Nichtigkeit des Durchschriftexemp-

lars, dessen Gültigkeitsvermerk von der Bezugsbehörde stammt zum Behuf der Vorlage beim zuständigen Erteilungsamt...'

In dem Archivraum waren noch mehr Bände und Regale aufgebaut als im Kirchen-Archiv auf der Insel. Nun, das verwundert angesichts der Größenunterschiede dieser Orte wohl auch nicht. Auf alle Fälle nahm ich auf einem bequemen Stuhl Platz, während Casimir sich wieder wie eine Wühlmaus an den Regalen zu schaffen machte. Nach etwa einer halben Stunde hörte ich ein fröhliches Glucksen hinter irgendeinem Regal.

„Casimir! Alles in Ordnung?"

„Ja, bestens. Ich habe gerade einen Ordner über Kängurus im Krieg gefunden." „

Ach, du Scheiße." War die Welt wirklich so verrückt, wie Casimir dachte? Was mochte er gefunden haben? Ich sollte es erfahren.

„Hier steht, dass Tiere – insbesondere Vögel, Kängurus und Insekten, im Ersten Weltkrieg verstärkt als biologische Waffe und Früh-Erkenner für Giftgas zum Einsatz kamen."

Nein! Wie war die Welt bekloppt, aber einfallsreich – auf ganz schlimme Art und Weise einfallsreich. „Und, was steht da noch?"

„Aha, dann ist hier noch eine Art Zusammenfassung des Ganzen mit einem ausführlichen Fazit, wie es scheint."

„Nun bin ich aber gespannt", rief ich in die Richtung, aus der Casimirs Stimme kam: „Lies doch mal vor, damit wir hier vorankommen."

„Geduld, mein Artverwandter."

Artverwandt, oh nein – bitte nicht. So ähnlich fand ich Casimir und mich dann doch nicht!

Er fuhr fort: „Aha, hier steht – die Schrift ist nur noch sehr schwer leserlich – dass ein Hermann van de Ville von 1915 bis 1918 an diesen Sachen geforscht hat."

„Hermann van de Ville", echote ich erstaunt, „dein Vater hieß doch Herbert. Und van der Huett. Ist da von einem seiner Kollegen die Rede? Ich dachte, es geht hier um deinen Vater?"

„Vielleicht haben sie ihm einen Decknamen verpasst", mutmaßte Casimir.

„Gut, das könnte sein… Bei derart geheimen Versuchen leuchtet das sogar ein."

„Hier steht, dass man nach langwierigen Forschungen letztlich zu dem Ergebnis gekommen ist…"

Oh, was war ich aufgeregt… Was da wohl herausgekommen war???

„…dem Ergebnis gekommen ist, dass Tiere nur sehr beschränkt für den Kriegseinsatz taugen und ihre gezielte Vermehrung und Züchtung engen biologischen Grenzen unterliegt."

Casimir brach ab! Ich hörte, wie er das Buch zuklappte und schwer auf die Tischplatte fallen ließ. Stille. Ich wagte nichts zu sagen. Das war es also. Casimir und ich waren um die Welt geflogen, hatten Strapazen auf uns genommen, Hermann und Waltraud ertragen und vieles mehr, nur um festzustellen, dass das Werk von Herbert van der Huett für Gegenwart und Zukunft keinen Wert mehr hatte. Für Historiker mochte das interessant sein, für mich war es das auf den ersten Blick nicht.

Nach minutenlangem Schweigen fragte ich vorsichtig: „Was genau hättest du denn mit den Ergebnissen angestellt, wenn sie jetzt positiver bewertet worden wären?"

Sein typisches „Hm" war die Antwort, dann kam zögerlich: „Ach, Carsten, liebend gern hätte ich ein Van-Der-Huett-Archiv eingerichtet, hätte die Fortpflanzungsmedikamente meines Vaters weiterentwickelt, mir vielleicht ein kleines zusätzliches Einkommen geschaffen – obwohl ich das ja nicht nötig habe – aber auf jedem Fall hätte es ihm ein hervorragendes Andenken beschert!"

Wie ich es schon immer vermutet hatte – Casimir hatte eine ganz besonders enge Bindung zu seinem Vater gehabt. Und durch das Lesen der Tagebücher musste er ihm noch viel näher gekommen sein. Zu erfahren, dass das Wirken des bewunderten Vaters sinnlos, nutzlos gewesen war, musste da sehr deprimierend sein!

Ich war allerdings erleichtert, dass Casimir nicht mit dem Gedanken gespielt hatte, die Forschungsergebnisse seines Vaters im Fall der Fälle an Kriegstreiber zu verhökern, wenngleich das sicherlich einträglich gewesen wäre. Mir kam eine andere Eingebung: „Du erzähltest aber doch auch von dem Aphrodisiakum, das Hans und Nikita-Denise bekamen? Die haben doch besser funktioniert, oder?"

„Das haben sie. Aber das Zeug war sehr umweltschädlich. Die Ausscheidungen der Tiere wiesen einen hohen Giftanteil auf und die Tiere selbst sind auch wahrhaft nicht alt geworden. Selbst Nikita-Denise, die ja nach menschlichen Maßstäben recht alt geworden ist – für eine Lederschildkröte sind zweiundfünfzig Jahre lächerlich!"

„Von diesen Nebenwirkungen hast du auch gar nichts erzählt", warf ich meinem Känguru-Flüsterer vor.

„Warum auch? Angeben bringt doch mehr Spaß." Er lachte so schallend, wie ich ihn noch nie hatte lachen hören.

Kapitel 7 – Kein Weg zurück

Casimir war von der Erkenntnis, die ihm die Dokumente boten, derart enttäuscht, dass er nicht schnell genug die Rückreise nach Mitteleuropa antreten konnte. Ich versuchte ihn zu beschwichtigen und sagte ihm, die Hauptsache sei doch sein Andenken an seinen Vater und dass ihm dieses niemand nehmen könne. Immerhin konnte ich ihn dazu bewegen, Kopien der Dokumente mitzunehmen. Die Originale mussten selbstverständlich im Animal medication center in Adelaide verbleiben. Doch falls er seine Idee einer Ausstellung über das Wirken und Schaffen von Herbert van der Huett verwirklichen wollte, boten diese Schriftstücke einen soliden Grundstock. Und man konnte darüber nachdenken, sein Tagebuch auszustellen oder sogar zu veröffentlichen. Natürlich würde man die Hilfe eines professionellen Übersetzers benötigen. Den Stoff vielleicht aufarbeiten, mit Erklärungen versehen, denn die wissenschaftliche Fachsprache war ja nicht jedem geläufig. Potential bot die Geschichte in jedem Fall. Und dann würde man das Ganze in ein ansprechendes Layout bringen lassen – auch da hatte ich schon eine Idee. Von meinem Studium kannte ich eine gewisse Susanne Young, eine äußerst lebensfrohe und optimistische Person – die würde ich einfach mal ansprechen. Und dann müsste man einen Verlag finden, um das Buch herauszubringen – meine Träume verselbständigten sich und ich spann den Faden in Gedanken immer weiter, während wir das Gebäude verließen.

Als ich ihm jedoch von meinen Vorstellungen, das Ganze in einem Buch zu veröffentlichen, erzählte, bremste er meine Euphorie: „Ich soll ein Buch darüber schreiben? Hm... Hm... Also, darüber muss ich erstmal eine Nacht schlafen! Eine Ausstellung ist die eine Sache, aber ein Buch schreiben... ich weiß nicht!"

„Das verstehe ich nicht – wenn du eine Ausstellung geplant hast, dann müsstest du auch immer vor Ort sein, wenn sie geöffnet hat, Eintrittskarten verkaufen, und vor allem Fragen der Besucher beantworten – wer könnte das einerseits besser als du, denn es geht ja um deinen Vater und du hättest dich ausführlich mit seinen Forschungen auseinander gesetzt. Du wärst der Experte! Aber wie willst du das jemals hinkriegen mit deiner Schüchternheit?", bohrte ich, „wenn du aber ein Buch schreibst, kommt dir niemand zu nahe. Das ist doch viel einfacher für dich!"

„Aber ich müsste doch Lesungen veranstalten, um das Buch zu promoten!", widersprach Casimir, „wie sollte ich sonst auf das Buch aufmerksam machen?"

„Lesungen kann man auch veranstalten, in dem man jemand anderen vorlesen lässt. Da kannst du dir sogar eine junge Biologie-Studentin anheuern, die wäre wahrscheinlich sogar froh, sich ein paar Euros dazuverdienen zu können. Und sie würde es vielleicht als eine große Ehre betrachten, die Forschungen des verstorbenen Herbert van der Huett und seines Sohnes Casimir in die Welt hinaustragen zu dürfen!", lockte ich ihn, „und Verlage übernehmen auch die Promotion der Bücher, die sie veröffentlichen – natürlich ist das eine Frage des Geldes, aber das spielt ja bei dir keine Rolle, wie du sagst!"

„Hm!", war seine einzige Antwort. Dann schwieg er. Der Same war gesät. Das würde in ihm arbeiten. Auf welche Weise, das hatte ich allerdings nicht vorausgesehen.

Wir stapften weiter, und Casimir geleitete mich auf dem Fußweg die Straße entlang. Ich roch Benzin, und Casimir bestätigte mir, dass sich auf der gegenüberliegenden Straßenseite eine Tankstelle befand. Wo wollten wir überhaupt hin? Auf der Straße hörte ich die Wagen an uns vorbei rauschen. Casimir stellte fest, dass wir uns auf dem Weg in die Innenstadt befanden. „Was für eine schöne Stadt!", rief er aus. Ich konnte es nicht überprüfen, glaubte aber meinem exzentrischen Begleiter.

Dennoch beschlossen wir – jetzt einmütig, den Rückflug baldmöglichst in Angriff zu nehmen. Ich erkundigte mich, welchen

Flugtermin er für die Rückreise gebucht hatte. Was sollte ich sagen?! Er hatte keinen Rückflug gebucht! „Du Vollpfosten, Du Idiot", schrie ich ihn an. Ich explodierte innerlich und äußerlich, bis ich mir Karl Valentin ins Gedächtnis rief: ‚Ich freue mich, wenn's regnet. Denn wenn ich mich nicht freue, regnet's trotzdem!' Das dämpfte meinen Frust. Ich konnte sowieso nichts daran ändern, dass kein gültiges Rückflug-Ticket existierte, also mussten wir uns um selbiges eben jetzt kümmern.

Natürlich bekamen wir nicht sofort einen Flug nach Deutschland und nach Hamburg schon gar nicht. Wir klapperten fünf Reisebüros ab und gingen auch direkt zu dem Schalter der Fluggesellschaft, mit der wir hergeflogen waren. So sorgsam Casimir den Flug nach Australien geplant hatte, so wenig hatte er sich darüber Gedanken gemacht, wie lange wir wirklich bleiben wollten und wie wir zurückkommen sollten. Entweder hatte er es schlichtweg vergessen – oder aber, und das schien mir sehr viel wahrscheinlicher, hatte er den Rückreisetermin offengehalten, um ganz in Ruhe nach dem Vermächtnis seines Vaters suchen zu können. Aber sollten wir nun für immer auf diesem weit entfernten Stückchen Erde festsitzen?

Wieder musste ich mir Karl Valentin vor Augen halten, um nicht komplett durchzudrehen! Mir taten die Füße weh und die Hitze machte mir zu schaffen. Casimir nahm das ganze wesentlich leichter. „Ach, Carsten, nun lass uns doch erstmal in die Stadt und schauen, was die uns zu bieten hat! Du hast ja Recht – die Erinnerungen an meinen Vater kann mir keiner nehmen – und ich sollte mir vielleicht wirklich ansehen, auf welchen Pfaden er hier in Australien gewandelt ist!"

Gesagt, getan, Casimir und ich stiefelten weiter ins Zentrum von Adelaide. Aber mein Elan war stark gebremst und meinen Füßen merkte ich die Strapazen deutlich an.

Rund um das alte Stadtzentrum von Adelaide, das die Finanz- und Geschäftswelt beherbergt, erstreckt sich eine gigantische Parkanlage, ‚Parkring' genannt. Er ist, wie ich in Wikipedia recherchiert hatte, bis zu 600 Meter breit und unterteilt in einzelne Parkanlagen mit unterschiedlichster Ausstattung wie Toiletten, diversen Sportplätzen, festen Grillanlagen, Wander- oder Fahrradwegen und anderen Freizeiteinrichtungen. Ich erinnerte mich, gelesen zu haben, dass das Areal zur Zeit der Stadtgründung als Wallanlage zur Verteidigung gedient hatte.

Als wir besagten Parkring betraten, roch es von überall her schon nach gebratenen Würstchen und gegrilltem Allerlei. Das war ganz nach meinem Geschmack und ich schritt wieder kräftig aus. Je näher wir aber einem Grill zu kommen schienen, desto zögerlicher wurde Casimir – seine nervende Schüchternheit baute stets neue Barrieren auf! „Meister, ich habe Hunger! Nun komm."

„Ist in Ordnung", gab er nach, „einen kleinen Happen könnte ich auch vertragen."

Bei diesen Düften lief einem aber auch das Wasser im Mund zusammen! Was eigentlich bei der Begleitung von blinden Menschen ungewöhnlich ist – Casimir ging wieder mal einen Schritt hinter mir, schob mich aber zielstrebig in eine Richtung, aus der ich leckeren Geruch ausmachte. Bald hörte ich auch schon, wie sich zwei

Männer in einem breiten australischen Dialekt über Aktien unterhielten. „Hey guys! Are you hungry?" Die Stimme eines der beiden Männer schallte mir entgegen.

„Yes, we are", erwiderte ich.

Casimir und ich setzten uns also zu den Grillern und kosteten ausgezeichnetes Fleisch mit einer noch besseren Grillsauce.

Wir redeten über Landwirtschaft, Aktien, die Getreidepreise und vieles mehr. Als Sohn eines Landwirts und Diplom-Kaufmann konnte ich hier einiges beisteuern, während Casimir nur das Essen in sich hineinstopfte und ansonsten mit Schweigen glänzte. Als wir fertig waren, war guter Rat aber teuer. Wie sollten wir jetzt nach Hause kommen? Natürlich fiel auf, dass wir keine Einheimischen waren, und in aller Kürze gab ich unsere Geschichte zum Besten. Diese rief allerdings ungeahnte Begeisterungsstürme hervor:

„Oh, what a crazy stuff!" rief einer der Männer, der sich uns als Jack vorgestellt hatte, aus und fragte, was wir jetzt vorhätten.

So schilderte ich auch das Dilemma des fehlenden Rückflug-Tickets. Und manchmal muss man auch mal Glück haben - der Grillmeister erzählte uns, dass sein Bruder Elwin als Pilot bei den ‚Brithish Airways' angestellt war. In mir keimte Hoffnung auf eine baldige Rückkehr nach Deutschland auf.

„Guck mal Waltraud, die beiden essen schon wieder Fleisch!" Alles klar, ich wollte nur noch nach Hause! Waltraud und der ausgehungerte Hermann verfolgten uns schon wieder. Es war ein Fluch!

Jack versuchte, seinen Bruder Elwin auf dem Handy zu erreichen. Es wäre doch gelacht, wenn man Leute mit einer solch ungewöhnlichen Story nicht unterstützen könnte, meinte er. So vereinbarten wir einen Termin mit Jacks Bruder Elwin. Es ist wohl so, dass ein Pilot in Einzelfällen auch über zwei Gäste, die in seinem Flugzeug mitfliegen wollen, selbst bestimmen kann. Und so lernte ich Elwin kennen – da Casimir sich nicht in der Lage sah, mit dem Fremden zu sprechen, konnte man hier nicht von einer Bekanntschaft sprechen. Aber Elwin und ich merkten gleich, dass wir auf einer Wellenlänge lagen. So erklärte er sich dann auch bereit, uns beim nächsten Flug nach Singapur, der in zwei Tagen ging, mitzunehmen. Von dort aus ginge dann ein weiterer Flug nach Hamburg. Er würde sich darum kümmern, dass wir auch dort unterkämen.

Diese Nacht verbrachten Casimir und ich erleichtert im Adelaide Beach Ressort, dem Hotel, in dem wir auch schon vor unserem Ausflug auf die Känguru-Insel genächtigt hatten. Der Vorteil des Hotels war, dass es nicht weit entfernt vom Flughafen lag und wir auf diese Weise keinen weiten Weg zurücklegen mussten, um abzureisen. Ein Taxi würden wir dennoch brauchen.

Aber zwei Tage mussten wir ja nun ohnehin noch in Adelaide zubringen. Den ersten begannen Casimir und ich wieder mit einem reichhaltigen Frühstück an dem großartigen Buffet des Hotels. Das Hotel stellte seinen Gästen selbstverständlich Internet zur Verfügung und ich konnte der Versuchung nicht widerstehen, mit Hilfe von Casimir – meine Braillezeile war ja zu Hause - meine Mails zu checken! Wie erwartet, waren Mails von Peter, Eva und Alfred darunter.

„Carsten, was ist los? Wir machen uns ernsthaft Sorgen! Weder auf Anrufe, noch auf Mails reagierst du seit Tagen. Bitte melde dich mal! Peter"

Klar! Alle machten sich Sorgen, weil sie mich weder per Mail, noch telefonisch erreichen konnten – und auch bei meinen Eltern würden sie niemanden vorfinden, den sie hätten fragen können, ob alles in Ordnung sei. Naja, selbst wenn meine Eltern daheim wären – die wussten ja auch nichts von meinem exotischen Trip!

Aha, Evas letzte Mail war von gestern: „Carsten, das ist echt nicht komisch! Ich hab's nicht ausgehalten und bin bei dir zuhause gewesen, aber du machtest nicht auf! Und dann bin ich zu deinen Eltern rüber gelaufen – die Nachbarn haben mir gesagt, dass die im Urlaub sind! Mann, Carsten, wenn du mit deinen Eltern in die Karibik fliegst, dann sag uns doch wenigstens Bescheid! Da hat doch keiner was dagegen! Aber müssen wir uns denn unnötig Sorgen machen? Komm du mal wieder zurück, dann kannst du was erleben! Hoffentlich bringst du als Entschuldigung wenigstens einen guten Rum mit! Eva"

Ok, sie hatten mir unmissverständlich zu verstehen gegeben, dass Peter und sie derlei Scherze von mir keinesfalls für witzig hielten. Soso, wenn ich in die Sonne fliegen wolle, könne ich mich doch wenigstens abmelden! Na, die würden sich wundern… in die Sonne war ich tatsächlich geflogen, aber ob sie mir diese Story abkaufen würden, bezweifelte ich! Und das wurmte mich im Grunde sehr!

Ich gönnte mir den Spaß, und diktierte Casimir eine ausführliche Mail, in der ich beichtete, dass ich tatsächlich im Urlaub war – ja, dass ich kurzentschlossen mit Casimir nach Australien geflogen war. Ob sie es mir glauben wollten oder nicht! Hatte ich sie etwa jemals angeflunkert?

Das war der Beweis; eine Postkarte musste her! Das musste sie doch überzeugen! Geschrieben und abgeschickt in Adelaide, Australien…

„Casimir, gibt es hier im Hotel Ansichtskarten zu kaufen?", erkundigte ich mich.

„Ja, sicher, an der Rezeption haben sie bestimmt welche", mutmaßte Casimir, „wer soll denn eine bekommen?"

„Na, Eva und Konsorten! Sonst glauben die mir ja doch nicht – Mails kann man viele schreiben, aber eine Postkarte kann man nicht faken!"

„Hm", murmelte Casimir. Und dann lieferte er mal wieder einen Beweis für seine völlige Verrücktheit – auf solche Ideen konnte auch nur sein wirrer Kopf kommen: „Aber, Carsten, ich weiß nicht, ob das so eine schlaue Idee ist. Du bist doch blind, du kannst deine Postkarten gar nicht selber schreiben."

„Na und?" Ich verstand nicht, worauf er hinauswollte.

„Na, vielleicht kommen sie auf die Idee, ich hätte dich gekidnappt und nach Australien entführt. Mit der Karte will ich erst, dass sich alle in Sicherheit wiegen, und dann kommen die Lösegeld-Forderungen!"

„Das glaubst du doch wohl selber nicht!", rief ich aus. Aber dann kam mir die rettende Idee: Eva hatte kürzlich nebenbei von einem Online-Anbieter erzählt, der Postkarten druckte, wenn man online ein Foto hochgeladen hatte. Man konnte den Text und die Adresse eingeben, der Anbieter stellte die Karte her, frankierte sie und schickte sie ab. Das war's! Wenn ich auf dem Foto glücklich wie immer aussah, konnte keiner auf die Vermutung verfallen, ich sei gekidnappt worden. Schwachsinn!

Ich musste nur noch jemanden finden, der Casimir und mich ablichten und uns das Foto digital zukommen lassen konnte. Warum eigentlich nicht im Hotel nach diesem Service fragen? Immerhin bekamen die genug Kohle von uns... Und tatsächlich erklärte sich eines der Zimmermädchen bereit, mit ihrem Smartphone ein Foto von Casimir und meiner Wenigkeit direkt vor dem Hotel zu machen und mir dieses an meine Email-Adresse zu schicken. Den Rest mit dem Online-Postkarten-Anbieter musste Casimir erledigen. Ihm gefiel diese Idee auch wirklich gut, wenngleich er sich etwas geziert hatte, fotografiert zu werden.

„Die Technik ist schon toll", rief er aus, nachdem er auf „Senden" gedrückt hatte. Da musste ich ihm wirklich beipflichten. Als die Sache mit der Postkarte geschafft war, fühlte ich eine gewisse Erleichterung – immerhin hatte ich mich gemeldet und sogar eine Postkarte geschickt – so gehörte sich das doch unter guten Freunden! Die sollten sich mal nicht beschweren! Ich war 27 und kein kleines Kind mehr!

Als wir danach wieder einen Fuß vor die Tür setzten, um uns ein wenig die Füße zu vertreten, war es bereits Mittagszeit. Die Hitze war wieder beinahe unerträglich. Nach kurzer Zeit kapitulierten wir und zogen uns wieder in unseren Stützpunkt zurück. Den Rest des Tages verbrachten Casimir und ich mit ausgiebigem Duschen beim Besuch der hoteleigenen Wellness-Lounge und an der dortigen Bar.

Casimirs Laune war wieder bestens. Wie schnell er sich doch erholt zu haben schien von seiner Enttäuschung über die nutzlosen Forschungsergebnisse seines Herrn Vater – immer wieder versetzte mich dieser Kerl in Erstaunen.

Als die Temperaturen gegen Abend endlich erträglicher wurden, beschlossen wir, auswärts in einem Restaurant Essen zu gehen. Am Tisch sprach ich ihn dann darauf an, dass wir eines seiner Probleme nun noch immer nicht gelöst hatten: seine Langeweile in Albersdorf, seine mangelnden Beschäftigungsmöglichkeiten als Pensionär. Und natürlich konnte, wenngleich er materiell keine Not zu leiden hatte, ein kleines Zusatzeinkommen ja nicht schaden. So philosophierten wir über Schneeballsysteme im Kosmetikbereich, über das Austragen von Zeitungen, über einen Imbiss-Stand am Markt von Albersdorf, den ich dann natürlich in vorderster Front betreiben müsste, und vieles mehr. Die richtige Idee schien jedoch nicht dabei zu sein.

Ich sprach ihn darauf an, ob er sich nicht wieder ein Haustier zulegen wolle: „Was meinst du, Casimir – wäre das nicht etwas, das dein Leben wieder bereichern würde?"

„Hm… ja, schon…"

„Na, komm schon, ich weiß doch, dass du die Tiere so sehr liebst – es muss ja nicht gleich wieder eine Schildkröte mit einer Lebenserwartung von 250 Jahren sein – würde da nicht auch ein ‚normales Haustier' genügen?"

„Eigentlich hast du Recht! Hm. Der Gedanke an ein neues Haustier gefällt mir. Hm. Ich weiß gar nicht, wieso ich selbst noch nicht darauf gekommen war, als ich Nikita-Denise unter die Erde gebracht habe... Aber ein ‚normales Haustier'? Meinst du einen Hund? Zwerghamster? Oder vielleicht langweilige Kaninchen? Das kommt nicht infrage! Es muss schon etwas Ausgefallenes sein!"

Wieder in Deutschland angekommen, sollte ich sehr bald erfahren, was er sich ausgedacht hat.

Mitten ins Brainstorming bei Pasta und Putenbrust platzten – wie konnte es anders sein - abermals die Stimmen von Waltraud und Hermann. Jetzt, da war ich mir sicher, täuschte ich mich nicht. Ich beugte mich zu Casimir und flüsterte „Schau mal, das sind doch schon wieder Waltraud und Hermann. Kann das denn sein?"

„Psssst, Carsten, sie gehen gerade an uns vorbei."

Ich hatte gewusst, dass es ein Fehler gewesen war, einen Tisch im Freien auszuwählen! Innerlich fluchte ich.

Hermanns weinerliche Stimme näselte: „Ich habe dir doch gleich gesagt, dass diese Tierexperimente keinen Wert hatten, aber du wolltest ja nicht hören."

„Mein lieber Hermann! Mit diesen Ergebnissen hätten wir auch jetzt noch beweisen können, dass Tiere für etwas Anderes gut sind als nur zum Essen."

„Ja, für Krieg. Du spinnst wohl, mein Weib!"

War das denn die Möglichkeit? Waren die beiden auf derselben Fährte wie wir gewesen? Und waren wir uns deshalb ständig über den Weg gelaufen? Aber was war das Motiv *dieser* beiden, dass sie hinter Herbert van der Huett hinterherspionierten? Ganz sicher wollten sie die Resultate von Casimirs forschendem Vater für ihre Zwecke nutzen. Zwecke, die mir fast so unsympathisch waren wie die militärische Verwertung – aber nur fast. Ich würde die Antwort nie erfahren, denn fragen würde ich die beiden mit Sicherheit nicht! In diesem Moment vermutete ich allerdings, dass Waltraud und Hermann die Ergebnisse nutzen wollten, um für einen übertriebenen Vegetarismus zu plädieren. Das konnte ich als überzeugter Currywurst-Esser auf keinen Fall zulassen!

So zogen die zwei scheinbar an uns vorbei. Ihre Stimmen verklangen in der Ferne und gingen im Stadtlärm von Adelaide unter.

„Das sind schon komische Gestalten", raunte ich meinem – ich muss es mal so sagen – ebenfalls durchgeknallten Begleiter zu.

„Ja, sehr komische Gestalten. So etwas findet man aber leider nicht so selten. Bei mir im Zoo kamen auch täglich viele solcher Gestalten."

Ich entspannte mich wieder, die Unterhaltung zwischen Casimir und mir plätscherte jetzt nur so dahin und führte letztlich zu nichts.

Ein letzter Tag in Adelaide lag vor uns, und wir hatten uns vorgenommen, die Zoological Gardens zu besichtigen – ein Muss für einen Tier-Fetischisten wie Casimir! Fast in Adelaides Innenstadt, war uns der Weg zu weit, um ihn zu Fuß zurückzulegen. Doch mittlerweile hatten wir mitbekommen, dass der öffentliche Personen-Nahverkehr in der Stadt gut ausgebaut war. Wir entschieden uns, den Bus zu nehmen.

„Ah, Carsten, da drüben ist gleich eine Haltestelle, wir müssen gar nicht weit laufen!"

„Prima", freute ich mich. Doch als wir an der Haltestelle ankamen, mussten wir feststellen, dass man hier wohl nur als Insider vorwärtskam.

„Was ist los?", wollte ich von meinem Begleiter wissen, „lies mal vor, wo sollen wir hin?"

„Hm… ich weiß nicht", stammelte er kleinlaut, „die Haltestellen sind irgendwie nur mit Nummern gekennzeichnet. Hier gibt's keine Fahrpläne."

„Aber da müssen doch Hinweise auf die Linien sein, die an der Haltestelle fahren. Oder etwas, damit man weiß, in welche Richtung es geht!"

„Hm, nein, gibt es nicht!"

„Dann hat vielleicht jemand die Schilder manipuliert! Das kann doch gar nicht sein!", fuhr ich schon wieder aus der Haut. Um mich zu beruhigen, schlug Casimir vor, die nächste Haltestelle zu versuchen, die er am Ende der Straße erspäht hatte. Nach dem Fußmarsch, den wir ja eigentlich zu vermeiden gesucht hatten, erwartete uns dasselbe Ergebnis – es nützte nichts, ich musste einen Einheimischen ansprechen. Casimir starb fast vor Angst und Peinlichkeit, aber wie ich schon ganz früh als Kind gelernt hatte – ‚wer nicht fragt, bleibt dumm!'

Immerhin kamen wir dadurch weiter. Und ich konnte mit Stolz behaupten, in Australien sogar mit dem Bus gefahren zu sein!

Die Zoological Gardens legten insbesondere auf die Zucht selten vorkommender Tierarten, sowohl heimischer als auch anderer, großen Wert. Und Casimir lief wieder zu Höchstformen auf. Während er mich kreuz und quer durch den Zoologischen Garten

schleppte, bis mir die Füße qualmten, dozierte er über die Fress-
gewohnheiten, das Brunftgehabe und die sexuellen Vorlieben von
Nashörnern, Nilpferden, Auerochsen und so weiter, als sei es All-
gemeinbildung!

Ähnlich wie auf der Känguruinsel hörte man auch hier exoti-
sche Tierlaute aus allen Himmelsrichtungen. Und was mich ver-
wirrte - es roch ähnlich wie im heimischen Stall in Dithmarschen:
„Casimir, es riecht hier wie in Wrohm. Aber dort haben wir keine
Nashörner! Wonach rieht es denn hier?"

„Ja", klärte Casimir mich auf, „das sind Bisons, vor deren Gehe-
ge wir gerade stehen!"

Nun, das waren ja zumindest Artverwandte, das mochte auch
die Gleichartigkeit des Duftes erklären!

„Ich finde es übrigens ein Unding", fuhr Casimir fort, „dass
man Tiere mit solch einer Körperbehaarung in dieser Gegend ein-
gesperrt hält! Viel zu heiß! Und schließlich brauchen die doch auch
viel Auslauf!"

Gleichwohl waren wir einer Meinung, dass Zoos überall auf der
Welt wichtig sind, um bedrohte Tierarten weiter zu züchten und
Menschen über ihre Existenz aufzuklären! ‚Demut vor der Schöp-
fung' nannte Casimir so etwas.

Wir schlenderten weiter und passierten den Affenkäfig. Als ich
mich an die Gitterstäbe des Affenhauses lehnte, schrie ich auf. Ein
Primat hatte meinen damals noch fülligeren Haarschopf gepackt
und wollte, mit mir im Schlepptau, seinen Kletterbaum erklimmen!
Ich hörte nur ein schrilles Kreischen von meiner linken Seite –
Casimir musste mit dem Tier kommuniziert haben, es ließ mich
nämlich auf der Stelle los! Dankbar, in dieser Situation einen solch
kompetenten Freund zu haben, entfernten wir uns schnell wieder
vom Affengehege. Das war mir nicht ganz geheuer!

Wir statteten anschließend den Straußen einen Besuch ab. Das weckte den Hunger in mir, denn Straußenfleisch schmeckt außergewöhnlich lecker, wie ich bereits einmal vor Jahren gekostet hatte.

Nichtsdestotrotz mussten wir noch unbedingt ins Terrarium. Dort beobachtete Casimir - und kommentierte das Ganze wie ein Fußballreporter bei einer Live-Reportage - wie eine Gottesanbeterin ihrem Gatten gerade den Kopf abbiss. Der Vortrag war richtig spannend! Wie Casimir erzählte, können die Männer der Gottesanbeterin auch noch 24 Stunden lang ohne Kopf mit ihrer Frau Sex haben. Aber auch als Mann wollte ich mir Sex ganz ohne Kopf nicht vorstellen!

Dass er so glücklich zwischen all den Tieren war, versöhnte mich wieder mit allem. Es war eben ein Abenteuer der besonderen Art, und Abenteuer hatten nicht immer nur positive Seiten. Da musste man eben auch mal Hitze, Enttäuschungen, nervige Stalker und eine ungewisse Heimkehr miteinkalkulieren! Und nebenbei bemerkt, war ich nicht der Meinung, dass unser Ausflug gar nichts gebracht hätte. Casimir hat zumindest gelernt, wie man zivilisiert duftet... Allerdings nutzte der Deo-Stift bei dieser Hitze auch nur sehr bedingt als Auffrischer.

Kapitel 8 – Home, sweet home

Nach zwei Tagen konnten wir, wie von Elwin zugesagt, eine Maschine besteigen, die über Singapur letztlich wieder nach Hamburg fliegen würde. Casimir schwelgte noch immer in den Erinnerungen an den Zoologischen Garten. Wir hatten Löwen, Leoparden, Pinguine und viele Tiere mehr gesehen. Einzig und allein das Delfinarium hatte Casimir nicht zugesagt. Er war der Meinung – und ich gab ihm Recht – dass gerade diese Tiere doch etwas mehr Freiraum bräuchten. Aber letztlich steckte und

stecke ich auch nicht so tief in den Abläufen eines Zoos drin. Casimir hatte mir sehr wohl einiges beigebracht, doch ersetzte das nicht jahrzehntelange Erfahrung. Casimirs Erinnerungen an den Zoo hatten den Vorteil, dass er weniger an seine Kontaktscheu und Flugangst dachte. So schafften wir es diesmal sogar ohne stärkere Medikamente in der letzten Reihe der Boeing Platz zu nehmen und den großen Vogel abheben zu lassen.

In Singapur verlief der Umstieg hingegen nicht ganz so rei-bungslos. Am Check-In-Schalter tippte mir jemand unsanft auf die Schulter. „Hey sir. You've got bad stuff in your bag."

Verwundert ließ ich den Arm von Casimir los und drehte mich um. Dass ich schlechten Stoff in meiner Tasche hätte, wüsste ich aber. Er ließ sich nicht von dieser fixen Idee abbringen und schon bald darauf wurde ich in ein Polizeipräsidium geführt.

Casimir – so vermutete ich – folgte mir und wartete unauffällig vor der Tür.

Im Verhörraum wurde ich mit den Vorwürfen, die gegen mich erhoben wurden, konfrontiert. Angeblich hätte man irgendwelche Drogen in meinem Koffer gefunden, die man in Australien beim Check-In noch nicht als solche identifizieren konnte. Ich stellte mich nicht nur ahnungslos – ich war es. Das wurde mir natürlich nicht geglaubt. Ich war ziemlich müde und es war heiß, sodass ich den Ausführungen der Sicherheitskräfte schon bald nicht mehr folgen konnte. Ach, verdammt, was wollen sie von mir, dachte ich. Leugnen schien nichts zu bringen. Allerdings war es kein Leugnen, sondern nur die glaubhafte Bestätigung meiner Ahnungslosigkeit.

Auf einmal hörte ich einen ohrenbetäubenden Knall. Die Luft wurde noch stickiger, ja, es fing unglaublich an zu stinken und ich hörte das Personal aufgeregt rufen. In Singapur wird außer eng-lisch auch malaiisch, chinesisch und tamilisch gesprochen - von alldem verstand ich allerdings kein Wort. Alles lief aufgeregt durcheinander, als ich deutsche Worte dicht an meinem linken Ohr vernahm - Casimirs Stimme: „Komm schnell mit. Die sind hier erstmal beschäftigt."

„Was hast du denn schon wieder angestellt?", fragte ich, wobei mir ein Stein vom Herzen fiel.

„Erzähle ich dir später. Nun komm erstmal."

Ich wusste nicht, was Casimir getan hatte. Es war nur augen-scheinlich, dass es ihm gelungen war, die Sicherheitskräfte in andere Aktivitäten zu verwickeln, sodass wir das Kabuff verlassen konnten. Schnell zog er mich zum Flugzeug, das schon abflugbereit an der Startbahn stand. Durch den Check-In-Schalter waren wir – dank Casimirs Hilfe – jetzt ohne große Probleme gelangt.

Endlich rückte er kichernd mit der Sprache raus: „Ich habe im Dutyfree eingekauft und eine extra scharfe Stinkbombe gebastelt. Frage mich nicht, woraus sie bestand. Aber bei McGyver hat das auch immer geklappt, da dachte ich, was der kann, schaffe ich auch!"

Nein, ich wollte auch gar nicht wissen, was er da zusammenge- bastelt hatte. Der Kerl steckte doch voller Überraschungen!

Mich wunderte nichts mehr. Es hätte nur noch gefehlt, wenn wir jetzt Waltraud und Hermann getroffen hätten. Dann hätte ich mir selbst auf's Kinn geschlagen, um aus diesem Traum aufzuwachen. So machten wir es uns aber erneut auf der Rückbank des Fliegers gemütlich und traten die letzte Etappe Richtung Hamburg an. Casimir war erstaunlich ruhig und sonnte sich wahrscheinlich im Lichte des Erfolgs seiner Befreiungsaktion. Welche Drogen man bei mir gefunden hatte, würde mich allerdings schon interessieren. Ob es vielleicht mein Asthmaspray war oder ein paar Joints, die Her- mann und Waltraud in mein Gepäck geschmuggelt hatten – ich wusste es nicht.

Kurz vor Hamburg – wahrscheinlich flogen wir gerade über Bremen – fing das Flugzeug dann doch bedenklich zu schaukeln an. „Oh, Scheiße. So weit sind wir doch schon gekommen und jetzt knallen wir in die Weser."

„Ruhig Blut", versuchte ich meinen Begleiter zu beschwichtigen, „gleich haben wir es geschafft." Ganz wohl war mir allerdings auch nicht. Die Anschnallzeichen waren auf Grund des Landean- flugs sowieso aktiviert. Darum wusste man nicht, was geboten war. Auch der Pilot verhielt sich erstaunlich schweigsam. Da klick- te es in den Lautsprechern. Uns wurde mitgeteilt, dass über Hamburg gerade ein heftiges Unwetter niederging und wir uns keine Sorgen machen sollten.

„Gut reden hat der Mann", flüsterte Casimir voller Aufregung.

„Ja, gut reden." Die Spucktüten waren schon bis zum Anschlag gefüllt, da setzte das Flugzeug – ich hoffte, es war in Hamburg – auf. Doch, es schien in Hamburg zu sein. Die Mitreisenden applaudierten und verließen erstaunlich unaufgeregt nach und nach ihre Plätze. Als letztes erhoben Casimir und ich uns, um den großen Vogel zu verlassen.

Draußen angekommen, merkten wir sofort, was zu den Turbulenzen geführt haben musste. Es schüttete wie aus Eimern und der Sturm peitschte den Regen mit voller Wucht gegen unsere Klamotten. Deutschland hatte uns wieder! Das war wahrlich ein krasser Unterschied zu dem sommerlichen Wetter in Australien! Etwa nach einer halben Stunde ließ der Sturm geringfügig nach. So wagten wir uns nach draußen. Casimir hatte in der einen Hand sein Reisegepäck, am anderen Arm führte er mich. Auch ich schleppte schwer an meinem Koffer. Und dann konnten wir Casimirs Auto nicht wiederfinden.

„Welcher Parkplatz war es denn?", schnauzte ich meinen Herrn Tierlieb an.

„Es war doch gewisslich West. Ich weiß das doch noch", beteuerte er.

„Naja, offensichtlich nicht!" meuterte ich. Da ich nichts sehen konnte, blieb mir ja nichts anderes übrig, als immer dorthin mitzukommen, wohin er ging. Ich hatte die Schnauze gestrichen voll! Und was konnte einen in solch einer Situation beruhigen, Entspannung verschaffen, Ruhe und Frieden bringen? Richtig geraten! „Komm, Casimir. Wir gehen jetzt erstmal auf die Reeperbahn."

Mein Begleiter verfiel in ein Jubelgeheul, das origineller von einem Wolf nicht hätte sein können. „Oh, die Reeperbahn. Wie schön! Das hab ich mir schon immer gewünscht! Aber", unterbrach er sich selbst, „ich möchte nur in einen diskreten Club. Tanz und öffentliches Besäufnis sind nichts für mich."

Das hatte ich mir schon gedacht. Daher riefen wir das nächstbeste Taxi und baten den Fahrer, uns zu einem sehr auf Diskretion bedachten Bordell zu kutschieren. Der machte zuerst einen kleinen Aufstand, da wir klatschnass waren; gegen mehrere Scheine aus Casimirs Portemonnaie, der vor Vorfreude auf den Besuch im Puff kaum an sich halten konnte, lud er sowohl unser Gepäck, als auch uns ein und brachte uns zum ‚Blauen Pfirsich'. Dort setzte er uns an die Luft und platzierte unsere Koffer neben uns auf dem Gehweg.

Der ‚Blaue Pfirsich' schien auch tatsächlich eine nette und gar nicht allzu teure Adresse zu sein. Nachdem uns geöffnet wurde, geleitete uns eine äußerst zuvorkommende Dame an den Tresen und bat uns zu warten. Aus dem Lautsprecher eines vermutlich kleinen Radios erklang das Lied „Max, Max, Max, don't have sex with your ex". Das kann mir ja nicht passieren, dachte ich. Ich hatte ja noch nie eine richtige, feste Freundin gehabt.

Binnen kurzem bekamen wir auch bereits Gesellschaft. Eine Nutte aus Litauen namens Nina gesellte sich zu mir und eine Moldavierin namens Agneta war als Casimirs Begleitung für den Abend ausersehen. Die Bardame – ihr Name war Lena – ließ uns auch sehr in Ruhe und animierte nicht zu erhöhtem Sektkonsum.

„Oh, du bist ja klatsch nass", säuselte mir Nina ins Ohr.

„Ja, wir irrten vorhin etwas auf dem Flughafen umher."

„Na, macht nichts. Du ziehst dich sowieso gleich aus. Die Sachen können wir dann auf die Heizung legen."

Das war eine gute Idee, wie ich fand. Nina und ich knutschten noch etwas – statt Sekt gab es für mich heißen Kaffee, der mir unendlich gut tat. Wo wir gerade von gut tun reden. War das Hermann, den ich da gerade hörte? Nochmal genau hinhören. Nein, das war wohl ein alt eingesessener Lude, der nur eine sehr ähnliche Stimme hatte und gerade mit der Bardame einen kleinen Plausch hielt. Das wäre ja auch noch schöner gewesen. Obwohl, bei Waltraud hätte es mich nicht gewundert, wenn Hermann auch solche Clubs aufsuchen würde.

Casimir ging mit seiner Agneta sogar noch vor mir auf's Zimmer. Nina und ich folgten aber bald. Die Sachen trockneten, während Nina und ich Spaß hatten, zwar nicht ganz. Für den restlichen Abend würde es aber reichen, fand ich.

Als wir uns alle wieder im Clubraum versammelten, stieß Casimir mich von der Seite an. „Hey, nun lass die Dame mal in Ruhe. Ich habe etwas gefunden."

Erstaunt darüber, was Casimir auf einmal entdeckt haben wollte, das so wichtig sein musste, um mein Geknutsche mit Nina zu stören, wandte ich mich zu ihm. „Hier liegt ein Buch – ein Buch mit ganz vielen Bildern und Beschreibungen von Tieren und Menschen. Hier steht zum Beispiel ‚Mit Rücksicht auf die Größe ihres Gliedes teilt man die Männer in drei Klassen: Hase, Stier, Hengst, die Frauen dagegen nach der Tiefe ihrer Yoni in Gazelle, Stute, Elefantenkuh'. Du, das finde ich interessant."

„Was hast du denn da? Davon habe ich ja noch nie gehört und was ist eigentlich eine Yoni?"

„Mit meiner Yoni hattest du gerade ziemlich viel Spaß, mein Süßer", flüsterte Nina von hinten. Als ob ich es mir nicht gedacht hätte.

„Auf dem Umschlag steht Kamasutra", beantwortete Casimir meine zuvor gestellte Frage.

„Ach, das Kamasutra. Dass da so etwas drinsteht, habe ich noch nicht gewusst. Das passt ja zu dir."

„So, mein Hase, komm doch wieder zu mir", säuselte Nina. Hase, von wegen, natürlich bin ich ein Hengst, dachte ich. Dennoch wandte ich mich erstmal wieder Nina zu.

Casimir ließ mich aber nicht lange bei ihr. „Du, solche Bücher könnte ich auch schreiben. Vielleicht kann ich es etwas umwandeln und Gedichte einfügen."

Nun, der lange Flug war ihm scheinbar doch nicht so gut bekommen, dachte ich. Genervt wandte ich mich ihm wieder zu: „Du meinst so Gedichte wie:

Der Papagei hat einen Schnabel,
aus dem Schnabel hängt ein Kabel.
Dieses Kabel angeschlossen,
Strom in das Federvieh geschossen.
So leuchtet er auch in der Nacht
und hat über Katzen Macht."

Casimir stieß mich unsanft an. „Nein, dann bekommst Du auch Ärger mit dem Tierschutzbund. Außerdem musst du viel mehr auf das Versmaß achten. Wie wäre es mit:

> *„Der Fuchs und der Luchs spielen Skat.*
> *Der Fuchs ist schlau,der Luchs ist smart.*
> *Der Fuchs, er denkt, der Luchs ist doof*
> *und verspielt gerad schnell sein' Haus und Hof."*

Voller Überschwang erwiderte ich folgendes Gedicht:

> *„Das Nilpferd und der Elefant*
> *Gehen heute Hand in Hand*
> *Entlang am Strand der Waterkant*
> *„Ich liebe Dich Du, süßes Vieh,*
> *In Deinen Augen liegt Magie."*
> *Der Elefant, er trötet los:*
> *„Machst Du mich an? Was soll das bloß?"*
> *„Ich heiß Peter. Wie heißt Du?*
> *Du süße Elefantenkuh!"*
> *„Hallo Peter. Ich heiß Franz.*
> *Du siehst ihn nicht, den langen Schwanz?"*
> *Das Nilpferd hat es nicht erkannt*
> *Aus dem Kopf weicht der Verstand.*
> *Es läuft rot an, ihm wird ganz heiß:*
> *„Was mach ich hier nur für'n Scheiß?"*
> *Peter rennt und schwingt die Hufe*
> *Er hört nicht mehr auf Franzens Rufe.*
> *„Ich hab ne Schwester, die ist schick,*
> *die freut sich immer auf'n gutes Gespräch."*
> *Peter ist weg, um ihn nur Stille.*
> *Er geht in die Stadt und kauft sich ne Brille."*

„Du bist mir vielleicht Einer", kicherte Casimir, „aber so etwas in der Art gefällt mir schon eher!"

Ich fühlte nach dem Stuhl neben mir und musste feststellen, dass Nina sich schon dem nächsten Freier an den Hals geschmissen hatte. Auch Agneta schien von Casimir abzulassen. Gemeinsam mit der Entspannung hielten auch die Wärme und die Freude auf Zuhause bei mir Einzug. Home, sweet home! Wie kostbar der Alltag sein kann, wusste man doch erst zu schätzen, wenn man mal aus der Routine ausgebrochen war. Meine täglichen E-Mails, oh, was hatte ich sie vermisst!

„Ja, Casimir, wie sieht's aus – wollen wir uns langsam mal auf den Heimweg machen?"

„Ja, lass uns ein Taxi rufen. Das kann uns dann wieder zum Flugplatz bringen."

„Aber ist dir denn inzwischen eingefallen, wo du den Wagen abgestellt hast?", wollte ich wissen.

Im Übermut, vielleicht auch nach der Euphorie der sexuellen Entladung oder dem extremen Bedürfnis nach Zuhause überraschte Casimir mit folgendem Vorschlag: „Ach, lass uns doch ein Taxi nehmen, das uns gleich nach Dithmarschen bringt. Meine alte Karre ist doch eh nichts mehr wert. Ich will heim!"

Ich war völlig baff, aber es war sein Auto... so bat ich die Bardame Lena, uns ein Taxi zu rufen. Aber es sollte anders kommen, denn als dieses vorfuhr und wir die Tür öffneten, schallte uns eine bekannte Stimme entgegen: „Ach, seid ihr Zwei wieder zurück?"

Die Taxifahrerin, die uns auf dem Hinweg die Beruhigungsmittel für Casimir besorgt und zum Gate begleitet hatte, saß hinter dem Steuer. Wir erkundigten uns sogleich, ob sie noch wisse, wo wir geparkt hatten. „Klar, das war der Parkplatz Süd. Fahrgäste wie euch habe ich nicht so oft. So etwas merke ich mir!"

Wir verabredeten einen fairen Preis und ließen uns von der netten Dame schnurstracks zu Casimirs Auto bringen. Es stand auch noch unversehrt – oder zumindest nicht versehrter als zuvor - an seinem Platz.

Auf der Rückfahrt sprachen Casimir und ich noch weiter über seine Idee mit den Tiergedichten im Speziellen und seiner schriftstellerischen Zukunft im Allgemeinen. Wir philosophierten über pubertierende Paviane, die Möwe und den Löwen, die am Strand saßen, und einen Pinguin, der nichts zu tun hatte und mit einem Huhn spazieren ging.

Casimir lieferte mich direkt zu Hause ab und fuhr dann nach Albersdorf, wo er sich auch sogleich in Klausur begab, um seine weitere Schriftstellerlaufbahn vorzubereiten.

Zwei Tage später telefonierten wir. Casimir war völlig aufgekratzt. Dass ihn diese Reise gar nicht schlauchte, überraschte mich total. Ich hatte mich nach zwei Tagen noch immer nicht wieder an die Zeitumstellung und die norddeutschen Temperaturen gewöhnt. Er hingegen berichtete stolz, dass er bereits vier Gedichte verfasst habe.

Auch das Thema Haustier hatte er nicht vergessen: „Carsten, ich hab mir deinen Rat wirklich zu Herzen genommen! Ich hab mich für ein neues Haustier entschieden!"

„Nun bin ich aber gespannt – was ist es denn?" Schon erwartete ich, dass er die Scheune zum Terrarium ausbaggern lassen wolle, um ein Walross zu importieren, oder aber vielleicht eine Meerkatzen-Zucht zu beginnen.

„Du wirst es nicht glauben – einen Papagei! Ich hab ihn im Internet bestellt, in der nächsten Woche soll er geliefert werden! Ich bin schon ganz aufgeregt!"

Ein Papagei! Na wunderbar! Das war ja vergleichsweise harmlos! Casimir würde bestimmt gut für ihn sorgen und diesen Vogel tendenziell außerhalb eines Käfigs halten – Platz genug hatte er ja... Ich beglückwünschte ihn: „Das finde ich prächtig, Casimir! Mit dem kannst du dich sicher auch unterhalten! Sodann wäre endlich wieder Leben in deinem alten Gemäuer!"

Und er brauchte auch nicht den Fernseher auf volle Lautstärke zu drehen, dieweil sein Papagei schon für Stimmung sorgen würde! Ich war gespannt, was die Nachbarn dazu sagen würden...

Nun würde Casimir also bald ganz offiziell einen Vogel haben.

Kapitel 9 – Epilog

Seit dieser verrückten Reise mit dem noch verrückteren Zoodirektor blieb der Kontakt zu selbigem weiter bestehen. Wir treffen uns auch heute noch ab und an, um bei einem Bierchen verschrobene Ideen zu diskutieren. Aber, erst letztes Jahr, also 2012 fing er an, über die Veröffentlichung von Büchern ernsthaft nachzudenken.

Es war bei ihm tatsächlich niemals eine finanzielle Frage. Ihm war einfach langweilig und er hatte Angst, nicht aus dem Schatten seines Vaters heraustreten zu können. Ein Buch von ihm ist auch wahrhaftig 2012 erschienen. Es trägt den Titel „Tierische Reime – Gedichte nur für große Vögel". Dort hat er einige Gedichte untergebracht, von denen er mir bereits im Jahr 2007 erzählt hatte. Ich glaube, er ist glücklich, und wird wohl auch noch weiter schreiben.

Ich konnte mein Studium im Jahr 2009 abschließen und promovierte anschließend im Bereich der Wirtschaftswissenschaft. Die Zeiten mit Natascha und Co. gehören mittlerweile längst der Vergangenheit an, denn ich habe eine echte Partnerin für's Leben gefunden, was für blinde Menschen gar nicht leicht ist. Erst jetzt habe ich gemerkt, welchen Unterschied es doch macht, wenn echte Gefühle im Spiel sind. Natascha hatte ich übrigens letztens wiedergetroffen; als ich beim Frisör war, vernahm ich eine wohlvertraute Stimme… „Natascha?" Ja, sie war es, wir lachten herzlich – und verschwiegen beide, woher wir uns kannten…Sie machte dort eine richtige Ausbildung, was mich unendlich freute. So musste sie sich nicht länger mit Typen herumschlagen, wie Casimir und ich sie einst waren.

Der Kontakt zu Peter, Eva und Alfred dünnte sich zunehmend aus. Zunächst Casimir, dann meine Promotion nahmen einfach zu viel Zeit in Anspruch. Und jetzt verbringe ich meine Wochenenden verständlicherweise lieber mit meiner Freundin.

Auch wenn ich weniger Zeit habe, bleiben die Erinnerungen an das Jahr 2007 immer noch wach. Ich denke gerne an diese Zeit und an unsere Reise zurück. Und manchmal holt einen die Vergangenheit scheinbar wieder ein - als ich vor ein paar Wochen über den Heider Wochenmarkt schlenderte, bekam ich noch einmal einen riesigen Schreck. Ein Mann redete seine Frau mit „Waltraud" an und sie ihn daraufhin mit „Hermann". Die beiden stritten darüber, welche Wollsocken sie kaufen wollten. Doch mittlerweile können mir alle Waltrauds und Hermanns nichts mehr anhaben. Mein Studium und die Promotion haben mir genügend Argumente an die Hand gegeben, mich sachlich mit solchen Menschen auseinanderzusetzen.

Aber Studium und Arbeit sind nicht alles im Leben. Bei Casimir habe ich erfahren dürfen, wie unkompliziert andere Menschen – seien sie noch so verrückt – mit blinden oder anderweitig behinderten Personen umgehen können. Man darf schließlich nie vergessen, dass jeder Mensch einzigartig und auch immer ein bisschen verrückt ist. Durch die Begegnung mit Casimir, aber auch durch Waltraud und Hermann habe ich zudem gelernt, dass die Freiheit, eine bessere Welt zu schaffen, in uns liegt. Es ist nicht das System, wie Waltraud und Hermann äußerten, das uns beeinflusst. Wir sind es nämlich selbst.

Casimir beteuerte mir erst kürzlich, dass die Jahre seit 2007, also seitdem wir uns kennen, die besten Jahre seines Lebens gewesen seien. Ich fand diese Zeit auch sehr schön. Einen so durchgeknallten Typen hatte ich noch nie getroffen. Ob es jedoch meine besten Jahre gewesen sein werden, wird das Leben mir noch zeigen. Meine wildesten Jahre waren es mit Sicherheit.

So oder so ähnlich könnte die Geschichte passiert sein. Natürlich sind die hier vorkommenden Figuren rein fiktiver Natur. Sie repräsentieren aber real existierende Strömungen in unserer Gesellschaft, die Menschen oftmals zu Außenseitern machen.

www.tredition.de

Über tredition

Der tredition Verlag wurde 2006 in Hamburg gegründet. Seitdem hat tredition Hunderte von Büchern veröffentlicht. Autoren können in wenigen leichten Schritten print-Books, e-Books und audio-Books publizieren. Der Verlag hat das Ziel, die beste und fairste Veröffentlichungsmöglichkeit für Autoren zu bieten.

tredition wurde mit der Erkenntnis gegründet, dass nur etwa jedes 200. bei Verlagen eingereichte Manuskript veröffentlicht wird. Dabei hat jedes Buch seinen Markt, also seine Leser. tredition sorgt dafür, dass für jedes Buch die Leserschaft auch erreicht wird

Autoren können das einzigartige Literatur-Netzwerk von tredition nutzen. Hier bieten zahlreiche Literatur-Partner (das sind Lektoren, Übersetzer, Hörbuchsprecher und Illustratoren) ihre Dienstleistung an, um Manuskripte zu verbessern oder die Vielfalt zu erhöhen. Autoren vereinbaren unabhängig von tredition mit Literatur-Partnern die Konditionen ihrer Zusammenarbeit und können gemeinsam am Erfolg des Buches partizipieren.

Das gesamte Verlagsprogramm von tredition ist bei allen stationären Buchhandlungen und Online-Buchhändlern wie z. B. Amazon erhältlich. e-Books stehen bei den führenden Online-Portalen (z. B. iBook-Store von Apple) zum Verkauf.

Seit 2009 bietet tredition sein Verlagskonzept auch als sogenanntes "White-Label" an. Das bedeutet, dass andere Personen oder Institutionen risikofrei und unkompliziert selbst zum Herausgeber von Büchern und Buchreihen unter eigener Marke werden können.

Mittlerweile zählen zahlreiche renommierte Unternehmen, Zeitschriften-, Zeitungs- und Buchverlage, Universitäten, Forschungseinrichtungen, Unternehmensberatungen zu den Kunden von tredition. Unter www.tredition-corporate.de bietet tredition vielfältige weitere Verlagsleistungen speziell für Geschäftskunden an.

tredition wurde mit mehreren Innovationspreisen ausgezeichnet, u. a. Webfuture Award und Innovationspreis der Buch-Digitale.

tredition ist Mitglied im Börsenverein des Deutschen Buchhandels.

Zeitfracht Medien GmbH
Ferdinand-Jühlke-Straße 7
99095 Erfurt, Deutschland
produktsicherheit@kolibri360.de